上善若水

赵国栋 著

中国出版集团 现代出版社

图书在版编目（CIP）数据

上善若水 / 赵国栋著 . –– 北京 : 现代出版社，

2020.9

ISBN 978-7-5143-8837-4

Ⅰ . ①上… Ⅱ . ①赵… Ⅲ . ①长篇小说—中国—当代

Ⅳ . ① I247.5

中国版本图书馆 CIP 数据核字（2020）第 159036 号

上善若水

作　　者	赵国栋	
责任编辑	杨学庆	
出版发行	现代出版社	
地　　址	北京市安定门外安华里 504 号	
邮政编码	100011	
电　　话	010-64267325　64245264(传真)	
网　　址	www.1980xd.com	
电子邮箱	xiandai@cnpitc.com.cn	
印　　刷	北京彩晔彩色印刷有限公司	
开　　本	880mm×1230mm　1/32	
印　　张	5.5	
字　　数	105 千字	
版　　次	2020 年 9 月第 1 版　2020 年 9 月第 1 次印刷	
书　　号	ISBN 978-7-5143-8837-4	
定　　价	118.00 元	

王一水《汴京八景》之繁台春色

（纵 234 厘米、横 53 厘米）

王一水《汴京八景》之隋堤烟柳

（纵 234 厘米、横 53 厘米）

王一水《汴京八景》之铁塔行云

（纵 234 厘米、横 53 厘米）

王一水《汴京八景》之金池夜雨

（纵 234 厘米、横 53 厘米）

王一水《汴京八景》之州桥明月

（纵 234 厘米、横 53 厘米）

王一水《汴京八景》之汴水秋声

（纵 234 厘米、横 53 厘米）

王一水《汴京八景》之相国霜钟

（纵 234 厘米、横 53 厘米）

王一水《汴京八景》之梁园雪霁

（纵 234 厘米、横 53 厘米）

王一水《汴京八景》长卷字（纵 45 厘米、横 68 厘米）

河南省美协副主席、河南省书画院原院长谢冰毅为《汴京八景》题跋
（纵 45 厘米、横 68 厘米）

《汴京八景》长卷（局部）
（纵 100 厘米、横 2500 厘米）

《汴京八景》长卷（局部）

（纵 100 厘米，横 2500 厘米）

《汴京八景》长卷（局部）
（纵100厘米，横2500厘米）

《许京八景》长卷（局部）
（纵 100 厘米，横 2500 厘米）

《州桥明月》扇面正面（纵 33 厘米、横 33 厘米）

《州桥明月扇面》背面（纵 33 厘米、横 33 厘米）

《相国霜钟》扇面正面（纵 33 厘米、横 33 厘米）

《相国霜钟》扇面背面（纵 33 厘米、横 33 厘米）

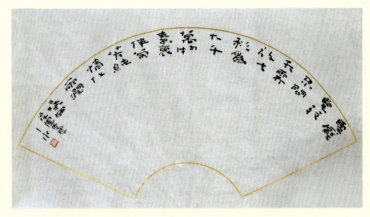

《梁园雪霁》扇面正面（纵 33 厘米、横 33 厘米）

《梁园雪霁》扇面背面（纵 33 厘米、横 33 厘米）

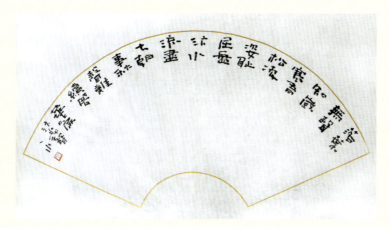

《汴水秋声》扇面正面（纵 33 厘米、横 33 厘米）

《汴水秋声》扇面背面（纵 33 厘米、横 33 厘米）

王一水《开封新八景》之龙亭新晴

（纵 180 厘米、横 97 厘米）

王一水《开封新八景》之清园春韵

（纵 180 厘米、横 97 厘米）

王一水《开封新八景》之启封古城

（纵 180 厘米、横 97 厘米）

王一水《开封新八景》之鼓楼夜市

（纵 180 厘米、横 97 厘米）

王一水《开封新八景》之天波杨府

（纵 180 厘米、横 97 厘米）

王一水《开封新八景》之南衙秋风

（纵 180 厘米、横 97 厘米）

王一水《开封新八景》之延庆秋色

（纵 180 厘米、横 97 厘米）

王一水《开封新八景》之翰园飞雪

（纵 180 厘米、横 97 厘米）

王一水《百年学府》（为河南大学所作）

（纵 180 厘米、横 97 厘米）

王一水《溪山秋色》（纵 96 厘米、横 178 厘米）

王一水《太行秋韵》（纵 96 厘米、横 178 厘米）

王一水《太行人家》（纵 68 厘米、横 136 厘米）

王一水《江南园林》（纵 96 厘米、横 178 厘米）

注：上述书画作品的作者是王一水女士，她同时也是本书的主人公原型，书中化名王雪。

■■■ 内容简介

本书是根据真人真事改编和创作的人生励志小说。

20 世纪 70 年代，开封有一对夫妇，到太行山去旅游，无意中发现了一个襁褓中的孤儿，这对夫妇就把这个孤儿带回开封，取名为王雪。

王雪天生聪明，活泼可爱，从小就喜欢画画。但为了获得一个合法的户口，这对夫妇又把王雪送到了乡下，在乡下王雪吃尽了苦，受尽了难，但也得到了锻炼。她刻苦学习，只身返城，在逆境中学习拼搏，终于考上了中国美术学院。经过不懈的努力，成了一位著名的画家。

她独创的汴京八景山水画，在中国画界引起了轰动，被各大博物馆收藏并被多位名家赞誉。

有了积蓄的王雪，开始做公益事业，收养孤儿。就在这时，一个自称是她生父的叫王怀仁的骗子来到了她身边，不但骗取了她的信任，而且还骗取了她的财产，使王雪一贫如洗，善良的王雪，差一点自寻短见。

在逆境中生长的王雪又重新站了起来，又重新有了积蓄，继续做自己的绘画和公益事业，被誉为"爱心妈妈"和"最美丽的妈妈"，她的画作也越来越受到广大收藏者的喜爱。

■■■ 作者简介

赵国栋，1964 年生，1984 年毕业于北京大学中文系。中国红楼梦学会会员，开封市作家协会副主席，中国朗诵家联盟协会副主席，《汴梁晚报》副刊部主任。河南省四个一批人才。开封市拔尖人才。曾多次获新闻文学奖。论文《红楼梦作者新考》《曹雪芹的真实身份》曾被《新华文摘》全文转载并引起了广泛争鸣。著有《红楼梦之谜》《拨云见日》《逐鹿神州》《府衙文化》(与人合作)。《大宋王朝》被列入"十三五"国家重点图书规划项目，《大宋王朝·宋太祖》被评为 2019 年度国国家出版基金资助项目。

目 录
contents

第一章　捡来的婴儿

　　时令已经是初夏，阳光明亮得有点儿耀眼。连绵的群山此刻显出了莽莽苍苍，青翠欲滴的绿意。茂密的竹林挺拔修长，绿意盎然。山坡上到处是不知名的野花，一片片红艳艳、金黄粉紫，点缀得山峦如同一幅五彩锦绣，妩媚动人。她们是这山间最微弱的生命吧，或许没有谁会为她们驻足流连，只是匆匆的惊鸿一瞥。但她们却开得恣意而灿烂，温柔地润泽着脚下的大地山石。那些高高低低，随着山势起伏的各种林木，都在这夏日的暖阳中，在清风吹拂下，铆着劲儿地伸展开粗壮的枝干，一树一树的浓荫为山峦披上了深深浅浅的绿装。声声鸟鸣，时不时从林间传来。每一个生命都在以她们原有的形态尽情尽兴地绽放。蜿蜒的石阶，时而悬挂在陡峭的岩壁上，时而掩映在林木深处。紧邻着山路两边，到处是核桃和柿子树，青青的果子挂满枝头。沿途瀑布成串，溪水潺潺，流水冲击着山石，滚珠泻玉一般。潭池溪流，清澈深邃。瀑布周围更是绿树陡峰，怪石嶙峋。山路上几个游人正嘻嘻哈哈地说笑着走来，一会儿这个叫一句"快看啊，那边那棵大树，好高啊"，一会儿谁又喊一声"看那儿看那儿，看那块石头！"顺着他们手指的方向，参天的大树直耸入云，一块突兀的巨石，如同振翅欲飞的大鸟，孤立在远处的山崖之上。有时出现在眼前的，是形态奇异、几个人都抱不住的古树林木。那些参天古木，在千百年的风雨中洗礼挣扎，紧紧抓住岩石的树根裸露着，苍老遒劲。它们不过是大自然无意之间的信手拈来，却成就了世上奇绝的风景。

这一行人是来自开封某厂的工人，趁着假日来到太行山麓游玩几天。他们在厂子里，每天听到的是机器枯燥单调的隆隆的轰鸣，看到的是一堆一堆的杂物和生产垃圾。眼前巍峨雄壮的青山、淙淙的绿水、婉转的鸟鸣和沁人心脾的花香，看到这一草一木、一花一石，让他们感觉像刚放学的孩童。男男女女，前呼后应，你唱她笑，说不出有多么开心激动。转过一处山脚，一条溪流跳入眼帘。溪流清澈见底，游鱼和水藻都清晰可见，水底还有一些形态各异、惹人喜爱的小石头。

王秀就是和工友们一起前来山中游玩的。她跳进清清的溪水里，兴高采烈地追逐着游鱼，捡拾自己喜欢的石子儿，她的同伴们嘻嘻哈哈地说笑着，慢慢往山下去了。

此刻的大山开始安静下来。除了水流叮叮咚咚的欢唱，远处群鸟归林的热闹喧哗，她几乎可以听见自己的呼吸声。猛然，她好像听到了几声婴儿的哭声，她站直身子，屏气再听，似乎又没有了。她以为是自己的幻觉，看看同事们已经渐渐离得远了，她也跳上岸，准备回去。就在这时，一阵婴儿的哭声再次传来，吸引了她的注意。她四处瞅瞅，并没有看见抱孩子的大人。哭声似乎就在自己身边。她循着哭声转到一块巨石后边，这下看清了，在巨石叠起的一个小夹角处，有一个用花布小包被包着的婴儿。

兴许是饿了吧，婴儿正哇哇大哭。谁会把婴儿放在这隐秘的地方呢？这幽深的大山里，并没有见到当地的山民，也没有多少游客。夕阳西下，眼看着天就要黑了，山中的夜晚还是很冷的。况且山里也会有出没的野兽。把孩子留在这里是万万不可的。

王秀抱起孩子，孩子的小脸红扑扑的，眉眼清秀，小嘴因为饥饿不停地左右寻找着。孩子好像有心灵感应一样，停止了大哭，睁开两只乌溜溜的大眼睛望着王秀，对着她咿咿呀呀地笑了。看着这个嗷嗷待哺的小生命，也许是为人母的本性，也许是这孩子太有灵性，也许是这孩子和王秀太有缘分，王秀的心里，似乎有什么东西被触动了，忽然觉得这孩子很亲，很可爱，似乎她就是在这里等待着自己一样。

"有人吗？这是谁家的孩子？"

"有人没有？这是谁家的孩子？"

王秀扯着嗓子喊了几声，没人应答。她想，不管是谁故意扔的还是无意丢在这里的，得先把孩子抱回去再说。如果是人家的孩子丢了，一定着急地在寻找。回到山下住处的王秀急忙打开包被，想看看包被里有没有纸条或者其他的什么线索。可是包被里除了女婴小小的身体，什么都没有。王秀开始在村里挨家挨户地询问，但问了半天，都说没有谁家丢孩子。小村并不大，她又拜托老乡，亲戚托亲戚地到附近的山村打听，都没有人家说丢孩子。没办法，她们所住的一家姓刘，女主人刘大姐非常热心。她每天帮着给女婴熬米粥，换洗尿布，还找出自家孩子小时候穿的衣服，修修改改，给女婴缝制了两身小衣服。同时她还不断地打探有没有谁家丢了孩子。眼看着就要返程了，仍然没有半点儿消息。

王秀看着可爱的孩子，孩子此刻正闭着眼睛，甜甜地睡着，嘴角一会儿还露出一个甜甜的微笑。同行的工友们也感叹着，说这孩子和她是注定有缘。要不怎么大家都没有遇着，只有王秀捡到了呢。王秀看着孩子眉清目秀的小脸，心里默默地想：毕竟是个小生命啊，这都找了几天了。既然没人认，我就先抱回开封吧。

第二章　童年的画板

　　王秀家里有三个孩子，大的是个女儿，已经结婚，还没有小孩儿。老二是儿子。也在自己的厂里工作，已经到了快结婚的年纪。小女儿正上高中。家里人看着王秀抱回的这个孩子，白白嫩嫩的小脸，水灵灵的大眼睛总是含着笑意，都很高兴，也很喜欢这个小女孩儿，给她取名叫王雪。

　　孩子没有母乳吃，家里人有时候这个喂些米油，那个喂些蛋糕，常常是谁想起了就喂点儿，谁吃啥了就给点儿。所以小王雪经常犯积食，不消化。已经成家的大女儿便常常照管着她。给她买漂亮的衣服，买各种玩具。偶尔感冒了拉肚子了，也是她带着王雪去诊所看医生。如果哪几天又积食了，她就带着小女孩儿去扎针。她常常穿着一件军大衣，把小王雪抱在大衣里，不管是谁见了，都以为她是孩子的妈妈，不会想到她们是互不相干的两个人。

　　慢慢地，这个女婴在一家人的照料下长大了。小女孩儿如她的名字，冰雪聪明，不管什么一学就会，小嘴还很甜，见了谁都是不笑不说话，开口都是爸爸妈妈、哥哥姐姐，很让人喜欢，她成了家里的小开心果。

家里的大人们把这个聪明伶俐、漂亮可爱的小女孩儿当作小公主一般地宠爱着，就这样小王雪过了六年幸福快乐的童年生活。转眼，她该上小学了。可是，她没有户口，王秀带着她跑了好几个学校，学校的老师和校长也都愿意接收这个聪明可爱的女孩儿，可是一听说她没有户口，就为难了。因为没有一所学校接收一个黑户孩子入学。附近只有回族小学卡得不严。他们收一些外来人口、少数民族和农村的，王雪也就上了回族小学。

就在这一年，王秀的儿媳生下了一个女儿。家里真正的小公主落地，全家人欢天喜地，所有的爱和注意力全放在了自家的小宝贝身上，全家上下都围着这个婴儿转，渐渐地忽略了小王雪的存在。

她放学了，没有人问她作业写完了吗，在学校表现还好吗。早上上学也没有人关心她有没有吃早饭，会不会迟到。下雨了，没有人想到她怎么回家，会不会淋雨，更没有人去接她。她的衣服小了，没有人关切地给她买来新的。她常常因为自己不合身的衣服，受到班里同学的指点讥笑。小王雪的待遇一落千丈，从小公主一下子跌落到尘埃里。

在学校里，原本成绩异常优秀的她，经常会受到班里几个同学的嘲笑。因为班里孩子来源比较复杂，所以有些孩子是在家里霸王惯的，他们在班里就比谁今天穿件什么新衣服什么新鞋子，爸爸妈妈带着去哪里玩了或者买什么新潮玩具了。王雪的衣服常常是他们嘲弄的对象。还有她经常需要向别人借文具。一次两次别人不说什么，次数多了，人家便不免有点儿怨言："你怎么不自己买啊？天天借我的红笔。""我这个便签条，都快借给你一半了，看看，就剩这几张了。你怎么总是借别人的啊？"每次听到这样的埋怨，王雪总是低着头难过地走开。同学手中的玩具，她从来不碰。他们有时把自己带的好吃的给她，她从不接受，怕自己尝了就念着那滋味。不管是炎炎烈日，还是风霜雨雪，她都是独自背着沉沉的书包，一个人走在上学放学的路上。校门口和路上熙熙攘攘接送孩子的人群车辆，对于她来说，都只是风景。这样，慢慢地，王雪变得沉默寡言，不爱和同学一起玩闹了。她越来越觉得，自己就像是一棵被遗忘在角落的小草。天地茫茫，却没有自己温暖的港湾。

被冷落的辛酸和被无视的可怜，让小王雪时常以泪洗面。可是家里人人都在为小生命的到来而欢天喜地，为她忙东忙西。小王雪的伤心跟全家人显得太格格不入。

她不能在家里哭，就常常跑到公园，找一处僻静的地方偷偷哭泣。可是没有人知道她的伤心，也没有人找她。从此她每天早上去上学，放学去公园写作业。她熟悉这里的每一条长凳和碎石铺就的小径，熟悉那座朱红色亭子和下面的石桌石凳。

她常常去看角落里那一株老树。粗壮的枝干昭示着它曾经柔梢披风叶眉绿绿。现在，它却只剩下半截枯桩，坑坑洼洼，嶙峋崎岖。半边的枯干，也早已朽腐不堪，空空如也。

她对这棵树充满好奇和惊叹。它一侧的枝干垂落在坚硬的水泥地上，拼尽了力量想要抓住泥土。它俯身屈背，年年月月，栉风沐雨，终于定格成这个样子。就在它残损的枝干，就在它朽腐的身躯上，几根细细的枝条已经抽出。尽管冬的寒意未尽，但是那些嫩枝已泛出茵茵的新绿。那是它汲取了老柳树残余的生命汁液啊！它的根不是扎在泥土的怀抱，而是老柳树惨败的身躯。只是，她还不明白，老树死去有多少不甘，生命，便有多少无畏。

一年一年，四季轮回中每一个生命都经历着离合聚散，苦乐悲欢。伤病之痛，离别之苦，无妄之灾，不会因为生命的强大或者弱小，而有所选择地降临。无可更改，无所逃避。唯一能做的，是像这棵老树，挣扎成生命的雕塑！

不知道从什么时候开始，她迷恋上了画画。用五彩的笔，在洁白的纸上画下自己心中喜爱的美景，画下身边可爱的世界，在她的画中，那些树木花草、飞鸟虫鱼、蓝天白云、青草蝴蝶，是她最亲密的朋友，最友好的伙伴。家的温暖，亲人的关怀，生命的美好，自然的神奇，她想用自己手中的画笔留住这一切。

可是，养母家孩子多，普通的工薪阶层，哪有钱再去买绘画材料啊。为了画画，王雪吃了许多苦。别人不用的半截铅笔，她捡起来留着用。别人扔掉的本子，后边如果有没有写上字的，她小心翼翼地撕下来，一张一张铺叠整齐，都当作了画纸。课堂上学校发的图画本，纸张厚实，洁白好看，用手摸一下，光泽顺滑。只是，每学期只发一本，她都是分外珍惜，每一张上的作品，老师不管让画什么，她都画得如痴如醉，每一根线条都力求精准，在哪里落笔，从何处润色，她笔下所画的形状总是呼之欲出，活灵活现。她没有专门的辅导老师，没有专业的辅导课，只能在课间或者放学，拿起手中长长短短的铅笔，在纸页的空白处画。教她美术课的老师，姓钟，非常喜欢王雪，总是在课堂上对她大加夸赞，说她有绘画的天赋，说她的画有一种灵性，总是能引人遐思，触动人们的心灵。每次他都把王雪的画作当作最优秀的作品展示给同学们。老师也几次三番地鼓励王雪走绘画这条路，将来做个杰出的画家。王雪总是默默地点头，心里既感动又充满渴望。

"如果能有一张画板，能有一套画笔和画纸多好啊！"

"画画还能当饭吃啊？好好念几年书，不当睁眼瞎就可以了，你还指望着自己将来当画家啦？"在家里，每当她流露出对画画的喜爱时，家里人几句话便打消了她的念想。然后，大家便各忙各的事，没有人再多问她一句。她无数次地神往过能用自己的画笔，描摹出心中无法言说的伤感。可是想想自己的身世和处境，又不免伤心失望。

画画是需要大量投入的。她买不了画笔和画板，又不敢向大人要钱。她常常久久地站在学校对面小卖部门前，眼巴巴地看着。同学们有的买玩具，有的买零食，有的买小饰品，有的买自己喜欢的文具。她从来不跟别的小朋友比吃比穿比玩，她只想能得到一套绘画的工具，让自己尽情地把心中的世界描画。

这天放学，她又不自觉地随着蜂拥的人群来到小卖部门口。在一群叽叽喳喳买这买那的孩子中，她的沉默和渴望的眼神引起了一位阿姨的关注。她是王雪班里一个同学的妈妈。从孩子的口中，她略微知道点儿王雪的身世。

"孩子，你是想买什么东西吗？"她终于忍不住问。

"我……"小王雪的眼睛一下子红了，她低下头，不敢看阿姨的眼睛。

"没事，孩子，你需要买什么，跟阿姨说，阿姨帮你买。"

一种久违的被关爱的温暖涌上心头，她鼻子一酸，眼泪就下来了，竟哽咽着说不出话来。

"妈妈，王雪画画可厉害了。美术老师总是夸她是我们学校画得最好的。"不等王雪再说什么，她的同学抢着说道。

男孩儿的妈妈当即明白了王雪想要什么，于是她掏出十元钱塞给了王雪，"给，拿着孩子，买一套画画的彩笔吧！"

"不不，阿姨，我不能要……"王雪脸涨得通红，连连后退，摇着头摆着手推让。

"拿着吧，孩子，这不算什么。阿姨能帮得到你，何况你和豆豆还是同学呢。等你长大了，画画挣大钱有出息了，你也可以帮很多人的。"

"谢谢阿姨，谢谢阿姨！"王雪接过钱，对着阿姨深深地
鞠躬道谢。对画画狂热的喜爱和想要画笔的渴望，让王雪接受
了这个阿姨给的十元钱。她心里既沉重又喜悦。买了画画工具
和画本。在学校里，她可以找钟老师，去老师的办公室画。放
学了去哪里呢？她想了想，只有自己常去的公园。那里总有一
处偏僻的地方是很安静的。于是公园成了她放学后唯一可去的
地方。她趴在长凳上写作业，在石桌上铺展开画本。只要一拿
起画笔，她就会忘记一切。太阳轻轻地悄悄地移动着脚步，余
晖也在天边渐渐淡去。公园的树林间暮归的鸟群叽叽喳喳吵吵
闹闹地喧嚷着一天的欢乐和收获，都没有引起她的注意。直到
夜幕笼罩，视线模糊，她才发现天黑了，赶紧收拾好东西准备
回家。可是这些画画的工具和画本怎么办呢？回到家他们问起
来怎么说呢？她想象不到他们会是什么样的态度，心里充满莫
名的恐惧。她这里看看，那里瞧瞧，找不到一处可以存放的地
方。最终她躲躲藏藏地把画画工具和画本都塞在公园绿化带的
冬青树下，然后才安心地回家。家里有什么剩饭就吃些，没有
了，随便找一个馒头或者包子啃几口，反正也没有人关心她是
不是吃得饱吃得好。她的脸色，已经没有了健康孩子具有的红
润光泽，而是一种惨惨的白，像贫血的病人的白。有时候，她
也会为了画出更多的作品，流连于这个城市的名胜古迹、大街
小巷和公园景点。

　　她就这样艰难地坚持着，有一天正上着课，外面天气突变，风卷起烟尘树叶，在操场上旋舞，拍打着门窗。不一会儿，雨就瓢泼似的倾泻下来，没有一点儿过渡。正在认真写作业的王雪忽然"哎呀"一声大叫，吓得班里的同学蓦然抬头，齐齐往她这边看过来，同桌更是一个激灵差点儿跳起来。教室里起了一阵小小的骚动。

　　"你干吗呢？"同桌小声地问她。

　　"我忽然想起了我的画板。"王雪眼看着窗外的大雨，心里沮丧极了。她想立即冲出教室，跑到公园去抢救自己心爱的画板，可是正上着自习课写着作业，她不敢。

　　放学的铃声刚刚响起，王雪就背起书包，冒着还在淅淅沥沥飘着的雨，冲了出去。

　　等她气喘吁吁跑到公园时，她的衣服已经湿透了，紧紧贴在她瘦瘦的身子上，雨滴顺着脸颊、额头，不停地往下滴。她的画板已经淋透了。抱着湿漉漉有点儿变形的画板，王雪站在雨中的公园，"哇"的一声大哭起来，哭得惊天动地，神鬼听到，也不由落泪……

　　小学三年级时，有一次全市绘画比赛，教美术的钟老师推荐王雪和白同学参加绘画比赛。王雪的作品是《骆驼》，画面上莽莽戈壁，大雪飞沙，默默无闻的骆驼，昂首问天沉默无言，俯视大地，苍凉死寂。它的眼神执着坚毅，穿过年年如是的风沙，瀚海泛舟似乎找寻往日的繁华。结果出来，这幅作品获得了全市一等奖。这次获奖给了小王雪莫大的激励和安慰。她的获奖也为学校挣来了荣誉。在钟老师的提议下，学校准备给她发一套绘画工具作为奖品。在周一全校的升旗仪式结束时，李明义校长拿起话筒："同学们，现在我要宣布一个好消息，在全市举办的绘画比赛中，我们学校三一班王雪同学的作品，荣获了全市一等奖。"

"哗——哗——"校长话还没说完，下面已经响起了热烈的掌声。各班的同学纷纷转身扭脸，在三年级的队列里想要寻找，看看这个王雪究竟是哪位同学。还有学生小声地叽叽喳喳"哪个是啊？"

"哇，好厉害啊！"

"那个那个，就是站在第 × 排前边那个。"

"大家安静一下，"李校长提高了嗓门，又威严地扫视了嗡嗡声骤起的台下一眼，"为了表彰和鼓励王雪同学，学校今天要给她颁发奖状和奖品。现在——请王雪同学上台领奖！"

台下的掌声再次骤然间响起来。王雪有点儿蒙，她既自豪又有点儿怯场。当着全校同学和老师的面上台领奖，自己还是第一次。她红着脸，低着头，尽管心里是激动的、自豪的，可是她没有一点儿的得意。走到校长面前，她举手敬了少先队队礼，接过自己梦寐以求的画板和画笔，小声地说了一句："谢谢校长！"然后转身对着台下鞠躬，"谢谢大家！"

在大家热烈的掌声中，她回到了自己的队列。此时的她，更坚定了自己对绘画的热爱。如果这个世界上，还有什么能够让她倾尽心力去追求的，那就是绘画。在一幅幅的作品中，她似乎找到了心灵的归属。

就在这一年，王秀的儿媳又添了儿子。得了孙女、孙子的王秀，更是忙得不亦乐乎。全家上上下下，从早到晚，吃穿拉撒，都是以这个小孙子为核心了。包括亲友来往、邻里问询，更加忽视了小王雪的存在。

"哎哟，看看这个小丫头，以后更没人疼了。"

"就是，毕竟不是亲生的，捡来的孩子能有多亲啊？"

"她家里里外外已经添了俩孩子，人丁兴旺，都是托这姑娘的福吧？"

听着街坊邻居的闲言碎语，小小的王雪眼泪哗哗地流，自己的亲生父母是谁呢，他们在哪里呢，他们为什么不要我呢？看着别的同龄的孩子被爸爸妈妈、爷爷奶奶像心肝一样地宝贝着，看着他们撒娇，被宠爱，小王雪的心像冰封的雪原一样。她多想牵着爸爸妈妈的手，蹦蹦跳跳地走在上学放学的路上，多想自己也能被爸爸妈妈抱在怀里，被他们视为掌上明珠。她会为他们画画，他们也会为她而骄傲。可是，现在，没有人在意自己是快乐还是悲伤，高兴了一个人笑，流泪了一个人哭。

"世上只有妈妈好，没妈的孩子像棵草……"飘扬的歌声正是小王雪声声的哭泣。只有这个公园一角的树木、这条小径、这片草地，是她最温暖的伙伴。

第三章　换来的身份

一晃又六年过去了，王雪该上初中了。这么多年她还是一个没有户口的黑孩子。而没有户口，又无法上中学。眼看着王雪就要面临失学的困境。就在这时，养母的弟弟从老家过来，见了姐姐放声大哭。家里人一下子吓得不知所措，弄不清楚到底发生了什么。等到安抚弟弟止住哭泣，才从他抽抽搭搭的哭泣诉说中知道，他的大女儿前两天淹死了，媳妇又有孕在身，这个不幸的消息哪敢让她知道，孩子是娘的心头肉啊。可是这也无法隐瞒，一会儿不知道自己的孩子在哪里，母亲也放心不下，必须追问的。满心悲伤又不敢在妻子面前流露的弟弟就来求救姐姐。想什么办法能瞒就瞒，能拖就拖。

养母这两天也正为王雪上学的事犯愁。不让她继续学业，道义和良心上都说不过去；让她上吧，户口又是一个不好解决的大问题。且不说这个部门要证明，那个委员会要盖章，单单是家中的小孙孙，就已经占据了她所有的时间。哪里还有心情去跑这个事啊？可是真不让王雪上学，又怕街坊邻居说闲话。人言可畏啊，毕竟当初是自己把这个小生命抱回来的。

兄妹俩正垂头叹息，忽然，她抬手拍了一下大腿，"有了，咱这样办！"

弟弟抬头，用疑惑的眼神看着她。

"你回去跟弟妹说，侄女来我这儿住了。我这边找熟人给妞安排了一个学校，就说让她跟着我在城里上学，将来考学也好，招工也好，都比在农村老家强。最起码，可以这样先缓一缓。"

"这样她能信吗？"弟弟还是有点儿犹豫。

"你不会说啊，这个忙我不是白帮的。我家这儿还有个小黑户呢，在农村老家上户口简单。你就说我是想让王雪户口入到你们家，才给妞安排在城里上学的。就当是条件交换。"

她的侄女儿正好和王雪年龄相仿。城市户口和在城里生活也是多少农村人梦寐以求的，这样她既暂时安抚了弟弟一家，也解决了小王雪的户口。从此，新乡市某县某乡一个小村的户口大页上，多了一个叫王雪的小女孩儿。

因为有了身份，王雪得以进回中读书。从此她也有了新一任养父养母。

"王雪，你以后得改口了。不能再叫舅舅舅妈，以后他们就是你的爸爸妈妈了。"每天只要她瞧见王雪，王秀就会这样有意无意地提醒。

"我，我叫不出来。"王雪低着头，用手摆弄着衣角，声音细细弱弱的。她觉得自己就像一件物品，被从这里移到那里，而不管在哪里，她都找不到依傍，找不到一个可以给她温暖让她撒撒娇的怀抱，她得到的，只是一个她可以称呼的爸爸妈妈。

"你只是不习惯，慢慢叫熟了就适应了。"

王雪不知道该说什么了。她还只是个孩子。

"你得知道好歹，懂得感恩。要不是他家出现那么大变故，你的户口恐怕现在也没有着落。他们能让你在那儿安家落户，也是不容易啊。户口在哪儿，身份就在哪儿，你成了他们家的人，当然得认这个爸爸妈妈。要记住啊，将来你要感谢他们，报答他们呢。"

王雪默默地不再言语。

她再一次来到公园。公园的大喇叭正播放着那首她最爱听的歌，"没有花香，没有树高，我是一棵无人知道的小草……"没有人注意到她这个小不点儿，没有人知道她的喜怒哀乐。这棵高大的老柳树，曾经陪伴着她写作业、画画，倾听过她的忧伤，拂拭过她的眼泪。那一片芳草萋萋，曾经像知心的朋友一样拥抱过她。暖洋洋的夏日草地，像极了妈妈的温柔。

"爸爸！"

"妈妈！"

她抬头仰望着枝繁叶茂的大树，轻轻地，用只有自己听得见的声音呼唤着。随着一声声呼唤，眼泪不自觉地顺着面颊流淌。

　　谁也不知道，那是在练习？还是心底的期盼！

第四章　离家求学

　　王雪在第一任养母家过了六年公主般的生活，六年被无视的生活。接下来等待她的又将是怎样的命运呢？

　　第二任养母虽然是个农村人，但因为是家中唯一的孩子，从小被父母娇惯着。读书不用功，干活儿怕苦累，长成大姑娘了自己还不会做饭。出嫁之后，虽说不至于像在娘家那样衣来伸手，饭来张口，可是田地里的活儿却怎么也干不进，也干不好。不过好在有娘家支持，她就批发些小副食、小百货，那时十里八乡常常有大的集市。逢着哪个村子集会，她就骑着三轮车赶去，做起了小生意。农村集市多，各村都有自己固定的日期。只要逢集，四邻八乡，路上已经是络绎不绝的人。集市上，更是熙熙攘攘，摊位一个接一个，从街头摆到街尾，大约能绵延好几千米。王秀弟弟家大女儿淹死的消息，并没有能隐瞒多久。当弟媳知道后，呼天抢地，闹了好长时间，她疯了一样拼命地哭喊着："我要我的孩子，你们还我的孩子啊——"家里几个人都拉不住她。她用尽力气挣扎着，甩开了这个人的手，又撕扯另一个人。她像一头受伤的母豹，像要冲破束缚跳出去，可是奈何人多力量大。大家这个拉，那个拽，嘴里还不停地劝慰着她，安抚着她，"你不能太伤心了啊，还得顾着肚子里的孩子啊！""是啊是啊，你再怎样哭，妮子也回不来啊。还是肚子里这个要紧啊。"

她终于挣扎到精疲力竭，跌坐到地上起不来了，开始放声号啕大哭，一边哭一边叫着孩子的名字，哭得周围的家人和邻居们也都伤心不已，不住地掉泪。

就在她倒地痛哭时，她突然感到肚子一阵剧痛。她不由自主地捂着肚子大叫起来，人们都意识到不好。赶紧叫上邻居开来一辆车，七手八脚地把她抬上去送到了附近的乡村医院，好在保住了肚子里的孩子。事已至此，再也挽不回了，这个伤心的母亲也就平静下来。过了几年，她又相继生了两个孩子，一儿一女。慢慢地也就从悲伤中走出来，眼见着两个孩子慢慢长大了。

王雪这时成了人家的大女儿，所以必须在麦收和秋忙两季，回来帮他们干农活。农村的学校里，大部分都是民办老师，没有编制，国家不发工资，都是学校和村里、乡里给他们补助。每年麦秋两季，学校都会根据农时放假。老师们在家里都是主劳力，孩子们也都能派上用场。家里地里，推车放羊，做饭洗衣，养鸡放羊，只要是力所能及的，几乎没有闲人。城市里的学校只有寒暑假，没有麦收和秋忙假。可是，小王雪是个例外。她必须得回报人家给了她身份，她要在家里农活最忙的时候请假回来。割麦子、插水稻、掰玉米、割豆子、摘棉花。她什么农活都得干。刚开始的时候，她跟着大人来到村外，站在田边看微风拂过，起伏的麦田如同浪涛翻卷，到处是男男女女在弯腰挥镰，看着麦子在他们身后的脚下顺从得躺成一排，她觉得农活没有多可怕啊。可是当她挥起从来没有摸过的镰刀，左手抓起一把麦子，就没有想象得那么轻松了。夏日的阳光毒辣辣的，不一会儿就晒得她头昏脑涨，汗水顺着脸颊、脖颈，小溪似的往下淌。细嫩的胳膊被已经熟透、干燥粗糙的枝叶划出了一条条血道道。弯下去的腰，不一会儿就酸痛得像折了一样，她不时地直起腰身，想要缓解缓解酸痛，却是越来越弯不下去了。当她挥镰下去，麦秸秆也像要捉弄她这个学生娃一样，哧溜一滑，镰刀直接滑向怀里，左手顿时鲜血直流，随着"哎哟"一声惊叫，疼得她双眉紧皱，龇牙咧嘴，两眼泪花。插水稻时，看着田里是水波平静，但是水下却是刚刚收割过的麦茬，稍有不慎，一脚踩下麦茬就会扎伤脚板。更可怕的是水田里有各种各样爬行的、蠕动的，她根本不认识的虫子。它们有的聚堆儿，藏身在稻苗里。有的单独乱爬，不管遇见的是什么，都能伸展开浑身的触角在稻田的水面上恣意爬行。她哪里见过这些啊，吓得脸色惨白，浑身的肌肉都绷紧了。可是她再害怕也得跳进去。没有什么事是她能躲得过去的，只要是她需要承担的，从小她就明白，自己无路可退。她咬着牙，不就是小虫子吗，只要吓不死，就豁出去了。但是当她看见腿上流血，一种叫蚂蟥的虫子钻进她娇嫩的皮肤里，怎么揪都揪不掉，一揪那东西还会变长时，她一下子吓得"哇"的一声哭叫起来，边哭边跳着脚跌跌撞撞地跑上田埂。附近也在插秧的人们都停下了手中的农活，催促着想赶过来看看怎么回事。离她最近的大婶最先跑到她身边，当她看见王雪不停地踢蹬的腿上还在流血时，她马上明白了。"别怕别怕，妞娃子。那是蚂蟥，非得吸饱了血，用手使劲拍打才会掉下来。"

"不怕啊，孩子。我帮你，这种虫水里很多。你要是害怕啊，可以穿个长筒的雨靴，这样它就爬不到你腿上了。"好心的大婶让王雪坐在田埂上，她啪啪啪啪在王雪腿上拍打了几下，那条已经吸得圆滚滚的蚂蟥才滚落下来。大婶拍拍王雪的肩膀，眼神里满是怜爱。这个从城里来，长得细皮白肉却不得不干这既脏又累的农活的女孩儿，真是可怜。王雪擦干眼泪，鼓起勇气再次战战兢兢地跳进了水田。

这是夏日的劳动。当阳光不再那么灼热炽烈，风也变得轻轻悄悄，飒飒有声，万物开始丰盈起来。或早或晚，凉意已起。一群大雁叫着乡愁，在薄暮的秋光里，飞过长天。城市之外的天地便又是另一番情景了。树木开始脱下她绿色的夏装，换上了金色的秋装。杨树叶子黄了，挂在树上，好像一朵朵黄色的小花；飘落在空中，像一只只黄色的蝴蝶；落在树旁的小河里，仿佛是金色的小船。千树万树的红叶，愈到秋深，愈是红艳，远远看去，就像火焰在滚动。田野则又是一番繁忙。稻田里，一片黄澄澄的稻谷随着秋风翻起金波。走进田野，就像置身于金色的海洋。在阳光的照耀下，闪闪发光，天与地也融为一体，到处都是金黄色。

该秋收了。在密不透风的玉米地里，王雪挥汗如雨，衣服湿透了，紧紧地贴在她瘦弱的身躯上。干燥粗硬的玉米叶子划得脸上、胳膊上满是伤痕。此时的她已经不再害怕那些小虫子了。旱田要比水田里的虫子少得多。她掰下沉甸甸的玉米棒子，一穗一穗扔进胳膊上挎着的一只柳条编的篮子里，越往前走，篮子越沉，不一会儿，一只胳膊就酸麻了。她就换另一只胳膊。篮子满了，拂开纷乱密实的叶子，穿过一排排玉米秆，把满满一篮子玉米先倒进停在地边的三轮车里，再一头钻进玉米地继续掰。一块玉米地，进进出出，不知道需要多少趟才能掰完。每一趟她的手上、脸上，都会留下点儿伤痕。

割豆子时手上磨出的血泡钻心的疼。棉花看着雪白柔软，可是摘棉花时，每一下都是在跟坚硬的枝丫和棉壳过招，一双小手上这里一道那里一条，都是血痕。

每一场农活忙完，她几乎都是伤痕累累。但是，却也让她锻炼成了样样农活都能干的好手。她甚至比土生土长的农村娃都干得更好。要知道即使是农村的孩子，有的父母心疼孩子，也是不舍得风里雨里，让孩子面朝黄土背朝天地跟自己一样干活的。王雪没有人心疼,需要她学的,需要她做的,她就去学去做。不管学什么,入手快,一点就通,一学就会。这让新的养父养母很高兴,觉得自家户口本上多出的大女儿,很划算。他们对王雪也由陌生,慢慢地接受了。

可是在农村,很少有人重视孩子的学业。有的家庭是因为孩子多,也有的是因为重男轻女。所以很多孩子上完小学,父母认为能会写自己名字,到城里去能认得男女厕所,就可以了。一个接一个的孩子相继失学,回家帮父母干活,成为一个小劳动力。穷人的孩子早当家。而在农村,众多的家庭也只是刚刚能够解决温饱。也有极少的孩子外出,说是到南方去打工,想要闯闯世界。还有的孩子去学裁剪、学美发。此时的养父母也开始动起了心思。他们开始跟王雪商量,让她辍学,把更多的时间用在家里地里,成为家中的全职劳动力。他们还跟她打苦情牌,一天中午,养母从集市回来,脸上带着笑,高兴地说:"王雪,今天我生意特别好,多赚了好几十块钱,给你和妹妹每人买了一件小褂。来来,试试,看看合身不合身。"

"谢谢妈,我有衣服穿。不用给我买,给弟弟妹妹买就行了。"

"看你说的,你是老大呢,有啥也得先紧着你啊。"养母满脸笑意,拿出给王雪买的小褂,让她试穿。

"就是,还是你妈想得周到,你是咱家的老大,有啥得先由着你才对。"养父这时也从屋里出来,笑盈盈地附和着。

　　王雪很是感激，不管怎样，她觉得养父母拿自己当家里的一口人看待，拿自己当孩子看待了。自己一定要更多地干活，来报答这份恩情。

　　过了几天，养母和养父就开始有意无意地对王雪说，你是家里的老大，应该让下面的妹妹弟弟好好学习。特别是弟弟还小，需要一个人整天照顾。父母都要常常在外面跑的，这个任务只有你来承担。王雪明白了，养父母的意思就是让她全心务农不再上学。

　　开始偶尔说的时候，王雪只当是他们随便提提，并没有太放在心上。可是连着说了几次，语气越来越坚决，脸色也越来越不好看。王雪意识到他们不只是随便说，是打定主意不让自己上学了。

　　她有点儿害怕了。如果不能继续上学，留在这个家里，等待自己的会是一条想想都害怕的人生之路。她将会像周围的那些女孩子一样，早早嫁人，在另一个家里，依然早出晚归，面朝黄土背朝天，夏天一身泥汗，冬天一身烟火，一辈子也就只能围着锅台转。她的世界将只是这个村庄到另一个村庄的距离。自己从小就喜欢绘画，将再也没有机会拿起画笔，外面精彩的世界将不会与自己有缘。亲生父母是谁，在哪里，自己也将很难有机会再寻找。想想，那是怎样的不堪啊。

　　"我不能再任由他们安排我的命运了，我要离开这儿。"暗暗打定主意，她开始寻找机会。童年的经历，少年的磨难，让她过早地比同龄的孩子成熟而冷静，也让她更真切地懂得，自己必须学会与命运抗争，能够改变自己的，只有继续求学。

机会来了。在一次养父母给家里的小弟弟报名上学时，随手把户口本压在了枕头底下就匆匆忙活去了。正在抹桌子准备端饭的王雪看到后，心里一动。

王雪借口说回开封城里去拿东西，偷偷拿走了户口本。在城里，没有户口本是什么都干不了的。她也不能再回第一任养母的家，要去哪里，要怎么办，她心里也很茫然。

她漫无目的地在石桥口北边的大市场附近转悠。兜里没有钱，肚子饿得咕咕叫。她看见几个人围在那儿正七嘴八舌地争论着什么。她走进去，原来是一个中年男子在找保姆。几个年纪差不多的大妈正核算着时间，他核算着工钱，两下里都在盘算合适不合适。她凑过去，直接就问："大哥，你看我行不行？"中年男人戴着一副细边眼镜。皮肤白白的，面容和善。他看了看她，有点儿犹豫。

"姑娘，你才多大啊？"

"大哥，我从外地农村来的，在家什么活都能干。我现在需要挣钱养家。"

几个大妈看她小小年纪，看样子和穿着也不是挑事的孩子，都不再争来说去，反都帮着她说话了。

"让她去吧，这么大的姑娘出来不容易。家里如果不是实在有难，肯定不会让孩子出来。"

"就是就是，这孩子模样看着就招人心疼，让她干吧。我们也不急于这一时，再慢慢找。"

王雪对这群大妈又是点头又是鞠躬，感谢她们把机会让给了自己。世上还是好人多，来自陌生人哪怕一句话的帮助，都能让落魄的人感到人间的温暖。这温暖映射在心里，驱散了苦难和不幸的阴霾，让她变得坚强而乐观。

中年夫妇都是知识分子。因为他们夫妇要上班，孩子要上学。时间紧，工作累，所以想找个保姆能做做早饭晚饭。最欣慰的是他们还能给保姆提供住处，对王雪来说无疑雪中送炭。正走投无路时能有这样合适的工作和去处，好像冥冥中老天在眷顾着她。

就这样，她每天早上五点起床，帮这家人做好早饭，自己再骑个破自行车去上学。中午在学校凑合一顿。晚上放学回来再给人家做晚饭、洗衣服、收拾打扫。等到一切都做完了，她往往累得疲惫不堪，胳膊腿酸痛。等到在自己屋里的小桌子旁坐下，铺开画板，拿起画笔，她就又有了坚持的力量。只有在这个世界，她才能感受到没有委屈和辛酸，没有孤独和悲伤的纯净。那是她心底，最渴望家的温暖。每天只有短短三四个小时的睡眠时间。她却从来没有喊过苦没有说过累。她的眼神里，没有愁苦，没有怨恨。她的脸上，始终带着平静的微笑。就是在这样匆忙的生活节奏，高强度的体力和脑力劳动之下，这个弱小的女孩子渐渐长大了。

　　暂时安顿下来的王雪，就这样一边打工挣钱，一边继续学业。她也有了比较自由的时间和能力，逐步在绘画方面求发展。她从小就知道，在这个世界上，她是孤独无依的，就像一棵无根的浮萍，在风雨中飘摇。再多的苦，都得自己咽下，再大的困难，都得自己解决。有什么麻烦，都得自己扛。她省吃俭用，用挣来的钱买回画画用的材料。虽然她知道自己的出逃无疑是对养父母的违逆，可她还是对他们心存感激。至少在这个茫茫的世界，他们给了她一个可以证实自己是谁的机会，不然，她连一个存在的证明都没有。也正因为对他们的一点儿愧疚和感恩，每个月辛苦挣来的钱除了交一些学校费用，余下的全部给第二任养母，来给她家雇人干农活和给妹妹弟弟做上学费用。不过无论如何她也不敢再回去。她怕自己一旦回去了，就再也没有机会继续上学，再也不能用画笔抒写自己心中的世界。

　　王雪长大了。一路走来，她渐渐明白，属于她的路，只能一个人走。走着走着，就习惯路上的寂寞了，她喜欢听那些伤感的歌。有时候闻着芳草的清香，看着满眼绿意葱茏，水波微澜。会忽然为自己能和它们一样活着而感动。草木一秋，人生苦短。它，不过是一个时间段。但是每一天的日子，都有不一样的境况遭遇，喜怒哀乐。

　　记得初中快毕业那年，她去远郊写生。夏日的阳光，柔和明亮，微风吹来柔柔的草木清香。她不知道这是哪里，但是她却被乡村迷人的风光陶醉了。树荫里，布谷鸟声声呼唤——"布谷——布谷——你在哪住",它们的呼唤此起彼伏。还有青鸟响亮悠长的"啾——""啾——",有成群的灰雀叽叽喳喳掠过,草丛间一两声虫鸣浅唱。风吹过脚旁,她甚至能听见麦田深沉而浑厚的低吟。几只燕子穿花拂柳,细语呢喃。她来了,走在这乡间的小路上,她和大自然如此亲近。阳光、清风、脚下的大地,都让王雪感到踏实,她觉得,自己就是大自然的孩子。

满眼都是看不尽的绿。远处的堤岸蜿蜒成一条黛绿的飘带,小路两旁是高大繁茂的白杨,叶子早已浓浓郁郁地伸展开来,你挨我挤,你推我让地在风中笑着、闹着,阳光在它欢快的跳跃间洒下明明亮亮的斑点。每一条沟坎,每一道田埂,每一处土坡,都长满了萋萋芳草。在一片碧草青青中,总有丛丛的野花闪亮目光。金黄的矢车菊,淡蓝的紫云英,还有那些叫不出名字的。她们开得灿烂明丽,无拘无束。南风拂过,弥漫了荷花沁人心脾的清香。循着这幽香,穿过不见一点儿泥土的小路,她惊讶于眼前这方偌大的荷塘了。荷叶舒展,满池清凉。"接天莲叶无穷碧,映日荷花别样红。"诗与画在这里多么完美地呈现在眼前。她的心跳加速了,小脸像发现了新大陆一样因为激情澎湃而红润润的。荷花!红的若霞,白的如雪。有的花瓣已零落,只留一点儿莲蓬,做着等待成熟的梦。有的正怒放,袅袅婷婷,仪态万方。有的则蓓蕾初绽,如同少女娇俏的容颜。她找了一处相对平坦的草地,支起画板,她向四周望了望,周围很安静。她像一个贪婪的守财奴,守望着这一片丰饶的园林，一点点描摹着这美丽的田园风光。

不知道过去了多久，她脚下的画稿堆了好几张。她终于一手端着调色盘，一手握着画笔，伸了伸发酸的腰身，直了直弯下的脊背，长长地舒了口气，"唉——"她满足地叹息一声。

王雪还想再寻找一个角度，她站起来走了走。三三两两在塘边草丛里栖息的鸟儿就从脚边飞去，掠过水面，掠过荷塘，随着一声啁啾，又没入绿荫深处。蝴蝶蹁跹。鸟儿一声接一声地鸣叫，像彼此的寒暄问答。先是响在身边，一会儿又随着人的脚步，到了柳林深处，然后闹成一片，从浓阴间泻出，让人的心发颤，目光迫不及待地搜寻。已近黄昏，牛羊归巷，倦鸟归林。她踩着没膝深的芳草，推开拂面的柳枝。风似乎在屏息凝听，那水、那天、那云，都在夕阳影里静默着。"鸟鸣山更幽"，此时的田园，正是这样的意境。

"快要走到荷塘的那头了。"王雪心中刚一转念，忽然脚下一滑，窄窄的田埂上因为草太茂盛，看不见一点儿地面。王雪脚下的一片草，其实是长在池塘边缘的水面的，不熟悉这里的人根本看不出来。所以一脚下去，就会掉进水里。王雪吓得一激灵，伸手想要抓住身边的柳枝，可是越慌神越紧张，她伸出去的手只抓住了地面的一蓬青草。草被王雪揪断，她随即滑落到池塘里。好在池塘边缘还比较浅，王雪拼命地想要站稳身子爬到岸上，可是她一点儿也不会游泳。越是想站起来，腿脚越是往上漂，身子却往下沉。

　　"来人啊——救命啊——"她赶忙呼救，双手慌乱地舞动着，想要抓住点儿什么，可是越动，她感觉自己离岸边越远，脚下，根本就够不着地面。

　　"来人啊——来人啊——救命——"她在水面上挣扎着，刚一张嘴就咕咚咕咚灌进几口水。水下仿佛有巨大的力量，拖着王雪一点儿一点儿滑入荷塘深处，沉入冰冷的水底。她已经呼喊不出，水面上，只剩下她的两只胳膊在绝望地挥动。林中，受惊的鸟群发疯地在狂叫乱鸣。就在这时，一个身影从林间不顾一切地拼命奔来，到了荷塘边，没有一丝停留，"扑通"一声，已跃入水面，他双臂有力地拨动水面，向还在挣扎的王雪游去。近了，更近了，他一把伸出手去，紧紧拽住了王雪乱舞的胳膊。然后，把她的头托出水面，又一点儿一点儿地游回岸边。

　　王雪得救了。救她的是在路上正赶着牛群回家的一位农人。荷塘距离回村的路并不远，只是林密草茂遮蔽了视线，不走出树林就看不见人影。他听见了王雪的呼救，马上意识到是有人落水了，于是撇下牛群就往这里飞奔。如果放牛的大叔不是恰恰经过这里，王雪恐怕早已做了水下的冤鬼。

　　每次想到这次的经历，王雪都异常感动。救下她生命的大叔连名字都不留下，"姑娘，没啥，这是小事儿。谁遇见了都会救你的，我只是碰巧罢了。"大叔的话王雪一直都记得。

　　为了画画，她几乎命都搭进去了。自己为之努力的，不过是极力避开不想做的事，能为自己的梦想去自由地活。她想，自己不明不白地来到这个世界，现在，不能再不明不白地任由命运蹉跎。如果活着仅仅是为了活着，只为了这一具躯壳的苟且残喘，那是自己想要的吗？如果没有一处自己的精神家园，使自己自由地喘气、休憩，让这个萤火虫般的自己的精神世界为人间散发出一点儿温暖，这样的生命岂不只是行尸走肉般荒芜悲哀吗？

站在初春的第一场雨里，她仿佛又看见许多年前的大雨中，抱着淋湿的画板在公园哭泣的那个小女孩儿。心底泛起无尽的酸涩。仰起脸，她微笑着甩甩头发，阳光总会出现，她和那棵老树，依然会在各自的角落，站成世间风景。

虽然在农村受了不少苦，但王雪也在农村积累了足够的美好的记忆。那金黄色的茅草屋、金黄色的黄泥墙，那夏季的蛙鸣，那秋季纺织娘的吟唱，那沉甸甸的谷穗、红彤彤的高粱，满地的大西瓜、荆芥萝卜，那淡紫色的茄子花，那翠绿的红薯秧，都让王雪留恋不已。还有地锅里的火焰，大枣的清香，夏夜麦场上的微风，满是鱼虾的荷塘；还有那遍地的月光，小伙伴们欢快地捉迷藏，都给王雪留下了深刻的记忆。

神奇的故事，在孩子们的想象中生长。园子里，长着荷叶样的芋头，还有，那只黑狗、那只白羊，都为王雪日后的绘画，积累了优美的素材。

第五章　像树一样成长

为了能够多挣钱，王雪后来又在同学的介绍下来到了一家街道办的纱厂上夜班。

"你这是不要命了吗？"同学听到她要自己帮忙找上夜班的工作时，眼睛瞪得溜圆，不敢相信地看着她，转而又低声咕哝着，你现在哪有时间上班啊，何况还是夜班？光咱的学习任务我都应付不过来呢。"

"没事的，我可以应付。我想多挣点儿钱。夜班虽然累点儿，可是工资高。你就帮我问问吧！"王雪很清楚，同样是女孩子，同样是学生，而她，却比别人背负的东西太多了。

王雪如愿进了纱厂上夜班。夜班最辛苦，人体的生物钟是完全颠倒的。但是工资比白班要多。她住在职工宿舍，这样还可以省去租房子的费用。就这样，她白天上学，晚上上班。每天的休息时间不足几小时。有时候正上着课，倦意袭来，忍不住打瞌睡。一次课堂上，她的眼皮越来越沉重，头沉得怎么都抬不起来。"咚"的一声，额头磕在了课桌边上，立刻鼓起个大包。疼得她倒吸一口气，猛地惊醒。心里满是愧疚，自己怎么可以在课堂上打瞌睡呢。她悄悄伸出手，狠狠地在自己的大腿上拧了一把，钻心的疼一下子赶走了睡意。有时候，她如果觉得困了，就拿起笔扎一下自己的胳膊。她的左臂上，星星点点的伤痕，就是那时留下的。

后来，每到放假她又到酒店打工，这样挣钱更多一些。王雪是学艺术的，专业设计理念和审美能力都比较强。她工作的酒店地理位置极好，酒店客容量足，交通便利，人流量大。但是生意一直不温不火。王雪来了以后，店里有次发生了一件事。一个入住的房客临走时指责酒店的服务不到位，他也没有指名说谁，所以没有一个人接他的话茬儿。王雪这天刚来接班，面对这个客户的责难，她没有躲避和无视，而是礼貌应答，不卑不亢，始终谦和地微笑着，最后这个客户态度一百八十度大转弯，直接说，如果你们酒店有这样的人，那就不愁生意不好了。从此，这个房客不仅自己成了这个酒店的常客，还拉来了好几个自己的朋友。

一天，老板把员工召集在一起，又开始训话。"你们都是怎么搞的，每个月的业绩都不尽如人意。再这样下去，我们都要亏死了。干脆，咱关门大吉得了。"他边说边用一根手指敲打着桌子。目光扫过每一个人的脸，大家都木木的，没有表情，谁也不敢说什么。

"说说，你们有什么想法，总不能一直这样入不敷出啊！真到了不得已的地步，各位的饭碗谁也保不住。"见大家都不吭声，老板又生气又无奈。王雪是新来的，但是她凭借自己的审美观念和敏锐的判断，有了自己对酒店的想法。于是她站了起来。

"您看啊，我们的客房面积比较大，在利用上可以稍加改动。只需要根据客户的心理，加进去一些家庭氛围的元素，突出简洁、温馨、干净、舒适这四点，给人的感觉就会不一样。"

"嗯，有道理。还有什么？你还有哪些想法，说出来，我们商量商量。"老板听了王雪的建议，很感兴趣，示意王雪坐下，继续说。

"还有，我们的过道比较长、比较直，在视觉上给人一种疲劳感。如果在两侧的墙壁上稍微做一些壁画点缀，或者其他的装饰，效果也会很好。"

"好，这点咋就没有想到呢？"老板边认真地听着，边点头赞许。

"把我们的门厅主题色彩改动一下，用暖色调做背景。另外从礼仪、规范、着装各方面培训我们的人员。"

"好好，这些我们立即着手进行。"老板听了王雪的这些建议，很感动。这个女孩子真的是一个用心在工作的人。

老板对王雪的这些提议很重视。他开始安排对员工的服装进行统一调整，对服务人员进行礼仪方面的培训。同时按照王雪的设计理念对前厅和房间进行改变和装修。短短的几个月时间，酒店的生意迎来了意想不到的火爆。王雪也因此得到老板的欣赏，就让她当经理。王雪对任何工作都很用心，总是能很好地与人沟通，妥善地处理问题。而且常常别出心裁，设计出足以吸引顾客的种种举措。她的聪明、勤奋、真诚，更赢得了老板的信任。老板很庆幸自己发现了这个难得的人才，一心想要提拔她，想要她独当一面。

可是王雪心心念念的，还是上大学，完成自己的学业，同时还有对画画孜孜不倦的追求。虽然工作做得好，但开学还是要回学校。她讲了自己之前的遭遇和对绘画的热爱，这让老板很是意外，并深深地为之感动。老板不仅没有阻止和设置障碍，反而答应她，学业为重。什么时候有时间了，不影响上学的情况下，可以再来上班。这里的大门，将会一直为她敞开。

王雪很怕冬天，但是她却很喜欢雪。她觉得，雪飘在寒冬，却给予人春的希望。本性寒凉，却总馈赠给人无限遐想。冬天，因为有了雪而变得丰厚。她就站在街灯的光晕里，看细细密密的雪花飞舞、旋转，纷乱无序又义无反顾。所有自己走过的路，都是风景。可是，看着眼前灯火璀璨、霓虹闪烁的街头，哪一扇门会为她在等候？哪一扇窗内有她的期待？

只要以善念行走世间，得到的将是更多的善良。王雪是不幸的，可是她没有因为自己的不幸怨天尤人，也没有因为命运的不公变得刻薄怨怼。她一边努力求学，一边拼命挣钱。不管是第一任还是第二任养父母，只要他们家中有事，她跟其他的姐妹兄弟一样，该出多少钱一分不少。逢年过节，两个养父母她都要买好礼品前去探望。对于第二任养父母，她更是每月寄去两百元费用，雷打不动。逢年过节，除了礼品，还要另外再多给钱。如果他们家里有什么事，只要张口找她帮忙，再难再麻烦，不管付出多大的代价，她都尽心尽力办好，毫无怨言。她常记挂的，是第一任养母给了她第二次生命，是第二任养母给了她身份。滴水之恩，涌泉相报。这也是她做人的信念。

她始终记得很多好心人帮助过她。她铭记着给她买第一支画笔的阿姨，感谢那个在她晚归时给她留着校门的寝管老师，感谢那个曾经鼓励她要做最杰出的画家的钟老师，感谢那个给了她第一份工作的中年夫妇，感谢她所遇到的每一个伸出援手的陌生人。沐浴在爱中传播爱。此时的她就像一棵小小的向日葵，吮吸着阳光雨露，扎根在良田沃土，她用自己艳丽的色彩让生命怒放。同时，她也播撒着自己的芳香和善良，传递爱心，多帮助别人，把爱更多地传递下去。

她一直对自己要求比较严格，不允许自己犯一点儿错误。从六岁她就知道自己没有后路可以退，只能走向成功。只有每次获奖所有同学看她的羡慕眼光，她才感觉到存在的价值。她的作品，从小学一直到现在，每次比赛都会获奖，大多都是一等奖、二等奖，最不济也是三等奖。

记得在她考大学前夕，她所在的学校没有报名参加市里组织的绘画大赛，怕耽误学生复习备考。她是在一次偶然的机会遇到小学时的美术老师钟老师，那天老师问了她的学习状况后，忽然想起什么，"对了，王雪，市里前一段时间组织绘画比赛，你参赛了吗？"

"比赛？我没有听说啊。"

"哎呀，那可能是你们学校没有组织参加。不过这次比赛规格很高的，可是时间已经有点儿晚了。听说早在几天前就已经开始评定，不知道还收不收作品。"

此时的她白天在学校里埋头复习，时间紧迫，晚上还要熬夜上班。她牺牲了已经很少的睡眠时间，画了一幅作品，她要做最后的努力。好在当时年轻，有的是体力，有的是精神。她画了一片小小的向日葵，用色很大胆，金黄的花瓣，明亮耀眼，泥土的底色和暖暖的阳光。就像凡·高眼中的向日葵，那样富有生命的激情，鲜艳华丽。向日葵，就是落在地上的太阳，它给人们的是余下的光与热。

她用了一个晚上的时间画好了作品，打听到评审机构，天不亮就把作品送了过去。只是后来，这幅作品还是没有获奖。她对这件事一直耿耿于怀，直接把作品撕碎吃进了肚子。这是她第一次也是唯一一次没有获奖的参赛作品……

一个孤独无依的人，在这个世界上没有退路。不管自己选择了怎样的人生，一旦启程，只能风雨无阻，一直前行。苦难能够击垮一个人，但是也能成就一个人。只有见惯风雨，才更懂得珍惜每一个晴朗的日子。她喜欢上了尼采的话：每一个不曾起舞的日子，都是对生命的辜负。一个人知道自己为什么而活，就可以忍受任何一种生活。其实人跟树一样的，越是向往高处的阳光，它的根就越要伸向黑暗的地底。

而她，就是这样的一棵树。

第六章　初露锋芒

转眼间，王雪大学就要毕业了。当年她曾以优异的专业成绩考取了位于杭州的中国美术学院。因为她的勤奋和天赋，在大学时期，得到了许多老师的赞赏，更因为她的作品充满了一种人文的关怀和浓厚的生活气息，作品屡获大奖。学校想让王雪留校当老师。这对许多人来说，应该是千载难逢的好机会。

可是思来想去，她依然选择了回到开封，回到养育她的这片热土。

她不知道自己究竟来自哪里，不知道自己的父母是什么样子的人。可是，她却知道，开封算是她的家。那里有她童年的幸福和辛酸，也有她喜欢的草木风情，她心里更多的是，开封是给了她生命，给了她追寻梦的发源地。

"我是一个开封人。"

这是烙印在心底的痕迹。于是，大学毕业后，她回到了曾经养育她的故乡。

当时下海经商的大潮正席卷而来。许多人被迫下岗，也有人被外面的世界吸引主动辞职。下海经商，已经等同于钞票哗哗地从天而降。

王雪正赶上这股大潮，也是机遇使然，经人指引，她做起了酒水经销。开封是一个八朝古都，人文气息、文化氛围异常浓厚。皇城根下，主体的生活节奏就是闲适。早在春秋时期，郑国为了开拓封疆，在这里筑城，起名开封。北宋时期的东京，城郭宏伟，"人口逾百万，货物集南北"，经济繁荣，风光旖旎，物华天宝，不但是全国的政治、经济、文化中心，也是世界上最繁华的都市之一，有"汴京富丽天下无"的"国际都会"之称。开封坐落于广袤的豫东平原上，境内无山，河流、湖泊较多，气候温和，雨量充足，地上、地下水资源丰富，自然生态环境较好。开封实在是个宜居的城市。

开封人爱吃，也爱玩。

清晨的早市上，蔬菜水果、肉禽蛋类、干菜时鲜、布头针线、衣服鞋袜，地上摆的，车上卖的，摊上挂的，吆喝声，叫卖声，讨价还价的，插科打诨的。有老熟人的问候嬉笑，也有陌生人擦肩而过。到处是人流拥挤，人声鼎沸。只要你需要，在这样的集市上转转，吃穿用度，都可以买得到。这样的集市就像朝云暮雨，来时风起云涌，到了大半晌，也就相继散去，集市得以暂时的喘息。

开封人中午喜欢吃面，正宗的小笼包子、开封拉面、三鲜烩面、鸡蛋捞面，包括兰州的牛肉拉面、西安的泡馍，都在开封拥有大量的食客。

而几个著名的夜市，更是开封人闲适生活的写照。炒凉粉的、卖鸡血汤的、打烧饼的、烤羊肉串的，推着自己改制的小车，一应炉灶食物，桌椅板凳齐上阵。摆好摊子，扎起灯火，蒸煎煮炸，烧烤焖炖，这里一阵爆锅炝锅的刺啦声，那里一阵黄焖鱼的香味。每一个夜市都是游人如织，每一个摊位前都坐满了男女老幼，呼朋唤友，吆五喝六，推杯换盏。有一家人忙了一天出来的，有要帮忙说事的三五亲朋，有单位小聚的几位同事。大家各吃各的饭，各聊各的天，各说各的事。谁的声音都大，彼此相闻，却又互不相扰。哪位三杯酒下肚，头脑热了，袖子一卷，胳膊一抡，大嘴巴子开始天南海北，胡喷吹大，天王老子是老大，他就是老二。似乎没有他摆不平的事，够不上嘴的人，同桌的人，哄笑的、劝酒的、附和的、抢白的，闹闹哄哄。吵到了邻桌，大家转过头去看两眼，脾气好的也就算了，继续各自说笑吃喝；真遇到倔的，二楞头，也有话不投机，三言两语就动手耍粗的，这就免不了一场打斗。小小的打斗，不伤筋动骨的，大家拉拉劝劝，好言抚慰一番，也就嘟嘟囔囔，重新归座。真遇到牵扯的人多了，打得兴起，酒瓶子抢起来，板凳腿砸下去的，那就得动用120，呼叫110了。林子大了，什么鸟都有。人多了，自然也是这样。白天为了工作，不得不忙碌，晚上的灯火辉煌，走马观花，不过是人们的休闲娱乐。有钱的，想吃啥多摆几个盘；钱少的，不过是两个烧饼一碗汤，照样吃得心满意足。

开封人也爱玩，花鸟狗市、古董玩物。也有专门的地方和时间。宋门附近，有一鬼市。常常出没着许多貌不惊人，却声称怀有古物的牛人。一块碧玉、一把沙壶、锈迹斑斑的古剑、主席的像章，林林总总，五花八门。说起每一件物事，都仿佛一幕委婉曲折的故事。有人在这里淘宝，有人在这里闲逛，也有人来这儿交易二手物品，买来路不明的自行车，别人处理的电视、录音机。不过之所以叫它鬼市，在于它的时间，等到太阳出来，该上班的上班，该回家的回家，它也就烟消云散了。

汴京公园东侧是一个花鸟市场，斗鸡的、遛鸟的、牵狗的、卖猫的，又是一番风情。巧嘴的鹦鹉会叫"你好，你好""主人辛苦，主人请进"，引来一群人跟着它学舌，然后彼此哈哈大笑。

也有在某一角落，摆张小桌子，展开白纸，能用彩色的画笔，把人的名字书写成不同的画。有奔腾驰骋的骏马，有乘风破浪的白帆，也有花鸟虫鱼、山石林木，高超灵活的技法着实吸引了不少人围观。果然是高手在民间啊。

开封人的爱吃、爱玩，都离不开酒，无酒不成宴。有什么事情要办了，有什么关系要走了，摆下一桌席，提上两瓶酒，几句话讲开，就能互相称兄道弟。开封界面小，三扯两扯，毫不相干的人也能拉上七大姑八大姨的关系。平时走亲访友，节日礼尚往来，更是少不了酒水。酒，正以它独有的力量，把人与人的关系拉近了扯开，扯开了又相撞。一来二去，熟悉的陌生，陌生的熟悉，推杯换盏之间，交情深深浅浅地变换，人们也就这样快乐着、苦恼着、悲伤着，也幸福着。日子，总是柴米油盐地过，小歌也总是有一腔没一调地唱。

王雪的酒水生意做得风生水起。只要有货，不愁销路。她性格豪爽，不与人计较，客户介绍客户，无论是进货出货，都意想不到地顺利。渐渐地，生意越来越大。她雇了几个业务员、促销员，把生意经营逐渐转给手下。而她自己，则还是把主要精力用在了绘画上。那是她从童年开始就种在心里的梦，是支撑着她一直坚定走下去的信念，更是她心灵得到安慰的方式。她在绘画中找到无比的自信，也在绘画中得到身心的解脱。那是一个给她安全和宁静，给她无比温暖和幸福的世界。

作为一个开封人，她始终自认为是一个开封人，她爱这个城市。早春的繁塔，桃李芬芳。高耸的铁塔，沉默无语，一任流云舒卷。金池的夜雨霖铃，州桥的明月霜雪，都给了她无尽的遐思，喷涌的激情，创作的灵感。汴水涛涛，秋风萧瑟，她满怀幽思，挥笔临摹。隋堤烟柳中，鸟鸣声声，不由人顿生感慨。大自然给了这个城市太多的恩宠，也给它太多的苦难。这是一个"文物遗存丰富，城市格局悠久，古城风貌浓郁"的北方水城。它孕育了上承汉唐，下启明清，影响深远的宋朝文化。它是世界上唯一一座城市中轴从未变动的都城，城摞城遗址在世界考古史和都城史上少有。

她要创作汴京八景图。

一次偶然的机会，在临摹北宋翰林院宋迪的名作《潇湘八景图》的时候，突然迸发灵感，决定利用《清明上河图》的画风与潇湘八景有机结合，将汴京八景融于一图之中，从而再现北宋繁华，为开封宋文化的发扬光大再现一张名片！她先后查阅了北京故宫博物院关于北宋汴京的各种历史文献资料，走遍了开封的大街小巷，访问了一百多名专家学者、老开封市民，她把汴京图景，认真研读，细心揣摩，流连其间，耳濡目染。她的身心和每一处水色天光交融一起。

繁台春色

繁塔，位于开封城东南，禹王台公园的西侧。那里原是一座长约百米自然形成的宽阔高台，因附近原来居住姓繁的居民，故称为繁台。早在五代后周显德二年（955），在此曾修建了一座寺院，叫天清寺。元末毁于兵火。清初重建，称为相国寺，于 1927 年废毁，现仅存一座建于北宋开宝年间（968—976）的繁塔，是开封现存最古老的建筑物之一。北宋时期，每当清明时节，繁台之上春来早，桃李争春，杨柳依依，晴云碧树，殿宇峥嵘，京城居民郊游踏青，担酒携食而来，饮酒赋诗，看舞听戏，赏花观草，烧香拜佛，人们尽情地享受春天的美景。北宋诗人石曼卿春游时写诗云"台高地回出天半，了见皇都十里春"。赞美在繁台春游时，还能欣赏北宋皇都春天的景色。"繁台春色"也由此而得名。

铁塔行云

铁塔建于北宋皇祐元年（1049），是一座铁色琉璃砖塔，俗称铁塔。位于开封市城内东北隅，今日的旅游胜地铁塔公园。

铁塔原系北宋开宝寺内存放佛舍利的宝塔，塔身为等边八角十三层，高 55.88 米，通体遍砌铁色琉璃釉面砖，砖面图案有佛像、飞天、乐伎、降龙、麒麟、花卉等 50 多钟。塔身挺拔、装饰华丽，犹如一根擎天柱，拔地刺空，风姿峻然。白云轻轻擦顶而过，悬铃在空中叮当作响，站在塔下仰望塔顶，可见塔顶青天、腰缠白云，景致壮观。塔身内砌旋梯登道，可拾阶盘旋而上，直登塔顶。当登到第五层时，可以看到开封市内街景，登到第七层时看到郊外农田和护城大堤，登到第九层便可看到黄河如带，登到第十二层直接云霄，顿觉祥云缠身，和风扑面，犹若步入太空幻境，故有"铁塔行云"之称。

金池夜雨

金池即金明池，原系北宋时四大皇家园林之一，是水上游戏、演兵的场所。又名西池、教池，位于宋代东京顺天门外，遗址在今开封市城西的南郑门口村西北、土城村西南和吕庄以东和西蔡屯东南一带。金明池始建于五代后周显德四年（957），原供演习水军之用。宋太平兴国七年（982），宋太宗幸其池，阅习水战。政和年间，宋徽宗于池内建殿宇，为皇帝春游和观看水戏的地方。金明池周长九里三十步，池形方整，四周有围墙，设门多座，西北角为进水口，池北后门外，即汴河西水门。正南门为棂星门，南与琼林苑的宝津楼相对，门内彩楼对峙。在其门内自南岸至池中心，有一巨型拱桥——仙桥，长数百步，桥面宽阔。桥有三拱"朱漆栏盾，下排雁柱"，中央隆起，如飞虹状，称为"骆驼虹"。桥尽处，建有一组殿堂，称为五殿，是皇帝游乐期间的起居处。北岸遥对五殿，建有一间"奥屋"，又名龙奥，是停放大龙舟处。仙桥以北近东岸处，有面北的临水殿，是赐宴群臣的地方。每年三月初一至四月初八开放，允许百姓进入游览。沿岸"垂杨蘸水，烟草铺堤"，东岸临时搭盖彩棚，百姓在此看水戏。西岸环境幽静，游人多临岸垂钓。宋画《金明池夺标图》是描述当时在此赛船夺标的生动写照，描绘了宋汴梁皇家园林内赛船场景。北宋诗人梅尧臣、王安石和司马光等均有咏赞金明池的诗篇。金明池园林风光明媚，建筑瑰丽，到明代还是"开封八景"之一，称为"金池过雨"。明崇祯十五年（1642）大水后，池园湮没。现在开封开发区金明大道广场西南侧重新复建。

州桥明月

州桥是北宋时期东京城内横跨汴河、贯通皇城的一座石桥，遗址在今开封市中山路中段，大纸坊街东口至小纸坊街东口之间，明朝末年因水患桥被淤埋在现地平面以下6米处左右。

据《东京梦华录》记载："州桥，正名天汉桥，正对大内御街。其桥与相国寺桥皆低平，不通舟船，唯西河平船可过。其柱皆青石为之，石梁石榫楯栏，近桥两岸皆石壁，雕镌海牙、水兽、飞云之状。桥下密排石柱，盖车驾御路也。"可见，州桥是一座镌刻精美、构造坚固的石平桥，是四通八达的交通要道。桥下汴水奔流，桥上人来人往，十分热闹。两岸店铺酒楼繁荣，笙歌连成一片。站在桥头南望朱雀门，北望皇宫宣德楼，中间是天街。《水浒传》里杨志卖刀的故事就发生在这里。州桥也是当时汴河上十三座桥中最壮观的一座。每当月明之夜，"两岸夹歌楼，明月光相射"，晴空月正，登桥观月的人群，纷至沓来，熙熙攘攘。人们俯瞰河面，银月波泛泛，皎月沉底。故被誉为"州桥明月"。

梁园雪霁

梁园，又称兔园。西汉初年汉文帝封其子刘武于大梁，在吹台修筑亭苑，名曰梁园，位于开封城东南，明朝时建禹王庙，现已辟为旅游胜地——禹王台公园。

梁孝王刘武喜好招揽文人谋士，如西汉时期的大文学家司马相如、辞赋家枚乘等都经常跟梁孝王一起吟诗作赋、吹弹歌舞。为了满足这些文人墨客游玩的喜爱，修建了梁园。新建的梁园，殿廊亭楼，参差错落，珍禽怪石，典雅的建筑、名贵的花木，组成了一幅优美的自然画卷。人们用"秀莫秀于梁园，奇莫奇于吹台"的俗语形容梁园。尤其是到了冬天，白雪覆盖，万树着银，翠玉相映。当风雪停、云雾散，太阳初升时，梁园银装素裹，分外妖娆，景色更加迷人。故有"梁园雪霁"之称。

汴水秋声

汴水，即汴河，是隋朝开凿大运河的一段，是东西横穿东京城的一条主要河流，后被黄河水患淹没。汴河遗址现被埋在市中心的街道、楼房之下了。

孟元老在《东京梦华录》中记载："汴河自西京洛口分水入京城，东去至泗州入淮，运东南之粮，凡东南方物，自此入京城，公私仰给。"宋人张择端画的《清明上河图》生动地描绘了当年汴水壮丽迷人、火热繁忙的景象。北宋时期汴河上舟船如织，日夜不停，是汇集京城的交通命脉。汴河两岸土地肥沃，物产富饶，城镇林立。每当深秋季节，汴水猛涨，碧波千顷，宛如银链，阵阵秋风吹来，波涌浪卷，芦花似雪，波击风鸣，水声清越。水面上的波纹宛如银镜上的浮花，分外好看，给人以美的享受。故有"汴水秋声"的美称。

隋堤烟柳

隋堤，即汴河之堤。因是隋炀帝时开通的运河，沿河筑堤，故名隋堤。明末水患河毁堤亡。现从开封通往睢县、宁陵、商丘到永城去的公路路基就是当时的隋堤。

汴河隋堤不仅是贯穿全国南北交通运输的大动脉，也是景色秀丽的游览胜地。唐代著名诗人白居易在《隋堤柳》诗中写道："西至黄河东至淮，绿影一千三百里，大业末年春暮月，柳色如烟絮如雪。"赞美汴河隋堤的胜景。当年隋堤之上盛植杨柳，叠翠成行，风吹柳絮，腾起似烟。每当清晨，登堤遥望，但见晓雾蒙蒙，翠柳被笼罩在淡淡烟雾之中，苍翠欲滴，仿佛半含烟雾半含愁，景致格外妩媚，是一幅绝妙的柳色迷离的风景画。故而被誉为"隋堤烟柳"。

相国霜钟

相国，即开封市大相国寺，霜钟指的是寺院里的铜钟。大相国寺位于开封市中心，是开封市主要旅游景点之一。

大相国寺系北宋皇家寺院，寺内有钟楼两座，后毁于兵火水患，现已重新复建，现钟楼内悬铜铸大钟一口，为清乾隆三十三年（1768）所铸。高8尺，重5000多公斤。钟上铸有"皇图巩固，帝道遐昌，佛日增辉，法轮常转"16字铭文。当时每日四更寺钟即鸣，人们闻钟声便纷纷起床上朝入市，投入一天新的生活。虽经风、雨、霜、雪从不间断。特别是每逢深秋菊黄霜落季节，猛叩铜钟，钟楼上便传出阵阵雄浑洪亮的钟声，声震全城。故有"相国霜钟"之称。

欧阳修在《醉翁亭记》中描写滁州山水时曾说："若夫日

出而林霏开，云归而岩穴暝，晦明变化者，山间之朝暮也。野
芳发而幽香，佳木秀而繁阴，风霜高洁，水落而石出者，山间
之四时也。朝而往，暮而归，四时之景不同，而乐亦无穷也。"
开封城内，虽然无山，但是四时之景，朝暮所见，各具情态，
风味无穷。

　　开封是《清明上河图》的创作地，有着"琪树明霞五凤楼，
夷门自古帝王州""八荒争凑，万国咸通""汴京富丽天下无""东
京梦华"的美誉。在中国美术学院就读期间，王雪目睹杭州南
宋文化的蓬勃发展以及对宋文化的挖掘展现力度，便暗下决心，
放弃留校机会回到家乡开封，决心为宋文化的挖掘、开发与推
广贡献自己的毕生心力！

　　为了画好汴京八景，她一遍又一遍地研读以北宋开封为背
景的《清明上河图》。当她打开《清明上河图》，感到打开的
不是一幅画卷，而是另一个世界的入口。车辚辚，马萧萧，杨
柳吐翠，汴水滔滔。插满了鲜花的轿子，似乎表明，主人刚刚
从郊外归来。而那一队毛驴身上，驮满了木炭的炭篓，则证明
了平民们的辛劳。一艘艘大船逆流而上，装满了从东南方运至
京师的稻米，而京师开封，正是大宋的骄傲。如彩虹般横卧于
汴河之上的，则是著名的虹桥。店铺内，有人算卦，有人行医，
有人饮茶，有人细细把货物瞧。高大的城门内，驼铃叮当，几
个西域人，正漫步行走，显示出，大宋的万国来朝。孙羊正店，
酒香缭绕，十千脚店，饭香缥缈。不管你是何方人士，只要你

来到开封，这里，有美食给你，有美酒给你，勾栏瓦肆，樊楼
潘楼，有呢喃软语，满楼红袖招。

王雪真愿走进这个世界，和宋徽宗交谈，和他谈谈瘦金体，
和他谈谈石鼓文，顺便劝劝他，不要联金灭辽。

王雪真愿走进这个世界，会会一代才女李清照。和她谈谈，
缘何人比黄花瘦，缘何瑞脑销令兽。

王雪感到，在《清明上河图》里，有一个鲜活的世界；
在《清明上河图》里，有一个永恒的宋朝。

她爱这个饱经忧患却巍然屹立的城市，爱这里的一切。她
要用手中的画笔，回报给她第二次、第三次生命的这片热土。
正因如此，她的每一幅作品，不管是长篇巨作，还是小品斗方，
都浸润了爱意，饱蘸着心血，蕴含着她对人生的体验和生存方
式的倾诉，成为她生命的精神载体；所有的爱与哀愁，所有的
家国情怀，都泼洒得真切自然、淋漓尽致。

在王雪看米，在廾封千年不变的御街之上，仿佛还留有苏
轼的脚印，在南门外的一条胡同里，仿佛还留有李清照"人比
黄花瘦"的吟唱。在那三层相高、五楼相向的樊楼里，仿佛还
有李师师的芳香。

天清寺早已消失，繁塔依然挺立，开宝寺不在了，铁塔仍
然头颅高昂。那一块块佛砖，就是大宋的影像。

辉煌无比的宋皇宫，宁愿化成碧水，也不愿受人摧残。它
宁愿化成两座湖泊，这不是湖泊，这是历史的两滴清泪，一个

叫靖，一个叫康。

潇潇烟雨，笼罩了开封西北角的一座小院，千古词帝李煜，正在写出带血含泪的千古辞章。大宋所有的繁华，都被浓缩为一卷图画，大宋所有的美味，都被凝固成一卷东京梦华。

精巧的书店街，带着浓浓的明清余韵，中西合璧的马道街和总修院，又映照出民国开封的清雅。

有很多人，在一个很有故事的地方，说着故事。

大相国寺的晨钟暮鼓，送走了多少朝代、多少年华。

开封府中，庄严地摆着、三口铜铡，鼓吹台上，李白题壁，除却梁园不是家。

开封这些丰富的历史资源，使王雪创作汴京八景时，有了更强的信心、更强的动力。

2009年12月的一天，正在潜心作画的王雪遇到了一个问题，究竟如何布局和处理季节更迭时的衔接，用色的深浅浓淡在斟酌中取舍难决。她冥思苦想，拿不定主意。心中的夙愿不能及早完成，她又茶饭不思，夜不安眠。情急之下，她拨通了老师的号码。

"老师，您好，我是您的学生。我在创作时遇到了问题，我想当面向您请教一下，您在哪里？"

"啊，王雪啊，我目前还在杭州呢。"

"那我去杭州找您！"

"哦，这么远，等我过几天回去怎么样？路过开封我去看你。"

"老师，我现在就去找您。"

王雪放下电话，想都没想，立刻收拾东西，自己开车直奔杭州。走出屋门时，她才发现，外面已是朔风呼啸，漫天雪花正纷纷扬扬。雪花飘上她的面颊，飘落她的手心，倏忽间，已化作一滴晶莹的水珠。这晶莹的水珠呵，是田野间干旱已久的麦苗正期盼的那滴吗？是远方望乡的游子洒落的那滴吗？是南来的燕子挥动翅膀滑落的那滴吗？

雪花凉凉的，如同某一种思绪，那么清晰、那么真实，却又转瞬即逝。她飘落大地，随即就失去花的形体。然而，它毕竟来过。

王雪来不及看这场难得的大雪了。她此时的心情是恨不得插上一双翅膀立刻飞到杭州，把遇到的问题想不通的思路跟老师当面沟通。

开车上路，由于湿滑，车子大多行驶缓慢。雪花飘洒在高速公路上，很快凝成水珠，碾压成浑黄的一道道痕迹。走了很久，夜幕渐渐笼罩大地，在车灯的光晕里，雪花依旧在旋舞着，无声无息。路面越来越不好走，已经跑了几个小时，进入安徽地界了。她又累又饿，眼睛却一眨都不敢眨。脖子僵硬了，稍微扭动扭动；腰腿酸痛，却不敢分心晃动，只能挺一挺身子继续坚持。路途遥遥，长夜漫漫，肚子也咕噜噜叫了起来。快到蚌埠服务区了，正在全神贯注开车前行的王雪，忽然感到路面一滑，车子完全失去控制，直接冲向右侧的护栏。原来路面有点儿冰冻，车轮打滑了。王雪当时第一反应没敢猛打方向盘，反而死命抓住，松了刹车。万幸的是，车子在即将撞向护栏的那一刻平稳了，几乎擦着护栏边又可以正常前行了。后面紧跟着的一辆白色小车吓得也是快速避让，从左侧一闪而过。远远地，她也看见那辆车左右游动了一下，估计也是车轮打滑。王雪惊出了一身冷汗，额头、鼻尖上全是冷汗。刚才稍有一点儿差池，此刻自己不是伤筋动骨就是车毁人亡了。稳稳心神，她更加留意路面的情形。然而她没有被吓住，反而更坚定了前行的意志。

"今天，无论如何也得赶到杭州。"

正在苦心创作的绘画，如同一个自己精心抚育的孩子。

"必须尽快赶回，及早完成，不能耽搁。"

这样想着，她顾不得身体的不适，顾不得整整一天水米未进，握着方向盘，目光穿过茫茫黑夜，夜的尽头，一定是灿烂的黎明。

为了能保证自己的体力支撑到杭州，她在南京服务区下了高速。路上车辆已很少，夜晚除了拉货的大车司机，几乎很少有人了。下了车，她就被裹挟着雨夹雪的冷风吹得打了个寒战。服务区里的灯光透着温暖的黄晕。

她真想就在这儿暂时停留一晚。

可是，她没有。她径直走到卖盒饭的窗口，要了一份简单的盒饭，端着走到最近的一张桌子旁边，然后拿了一个纸杯，去接了一杯热水。走路的时候，她的腿脚都有点儿胀胀的，轻飘飘的又似乎拉不动。不到二十分钟，她就风卷残云般吃完、喝完了，再次开车上路，她咬着牙一口气开到了目的地。

到达杭州，拉开车门，抬腿下车，刚要落地时，腿忽然一软，她一把扶着车门，才勉强稳住将要瘫下去的身体。过了好大一会儿，才迈开双腿。但是膝盖好像不是自己的了，连抬脚、弯曲都变得困难。

"哎呀，王雪，你简直是在拿命相拼啊！"老师赶紧一把扶住王雪，搀扶着她慢慢下车。

"老师，——我终于赶过来了。"

"你这孩子，一个人开车跑这么长时间，又下着雪，多危险啊！"

老师心疼地责怪着王雪。王雪却腼腆地笑了："老师，不当面向您请教，跟您沟通，我无法解决这个问题。不解决它，我没法继续创作。这么多年了，为了这个作品，我不能再耽搁任何一点儿时间啊。"

灯光下，王雪认真地跟老师讲述着自己的构思、安排，老师一会儿微笑点头，一会儿凝神思索，一会儿她又给王雪分析指点，王雪思路豁然开朗，不由得展颜一笑，顿时轻松了许多。

窗外依然雨雪霏霏。临走时，老师拿出一把雨伞，眼中有晶莹的泪花闪烁，她慈爱地看着王雪，亲切地对她说："王雪，没想到你为了作品千里迢迢赶来，又匆匆忙忙回去。外面下雪了，把伞带上，我听说你为了做好这件事，付出了很大的代价，做出很多牺牲，我佩服你的精神和决心。记住，老师就是你的一把伞，在你需要的时候为你挡风遮雨。"一阵温暖传遍全身，她的眼角有点儿湿润。王雪嘴唇蠕动了几下，却说不出话，她用力点了点头，接过雨伞，"老师，谢谢您。我一定尽快完成，不辜负您的期望。"

杭州和开封，来去三十多个小时，一千七百多千米的路程，马不停蹄，不眠不休。当一个人有了目标、有了梦想，并心无旁骛只为达到这个目标而行，就没有什么可以阻挡她的脚步，王雪也是这样。老师谆谆的话语、殷殷的叮咛，始终鼓励着她，甚至在以后她山穷水尽之时，依然给她最真诚的帮助。

她要把开封的美展示给世人，不管是老八景的大河春浪、流水涛涛，还是新八景的梁园雪霁、樊楼灯火。也许它没有江南的小桥流水、烟雨杏花；没有漠北的苍茫辽阔、戈壁黄沙。但是它有自己独特的四季之境，深厚的文化积淀。它浓缩了北宋开封城当年的名胜的精华，每处景都透着古都汴梁的文化气魄和灵气。这些足以让她为之骄傲。

她在美景中流连，也在画布上把这些美一一展现。不满意的，不能打动自己的，扔了重画。初春的烟雨中，桃红柳绿，她早已在河畔支起了画板。晨光熹微，小草的枝叶间，滴滴露珠晶莹剔透。王雪披一件墨绿色的开衫，全神贯注于眼前的美景。落日的余晖中，笼罩大地的热气尚未褪尽，她来到小村一条不知名的河边。晚风吹动着两岸的白杨树，枝叶哗哗，似乎在热烈地私语呢喃。清澈的河水悠悠流淌，映照着天边的晚霞，她的画布上，便展现出了"半江瑟瑟半江红"的田园的宁静。

有一次，她骑着自行车来到近郊的一个村子。在那里，她发现了一方池塘。近岸处一片深深的芦苇，南风徐徐，柔枝疏叶婆娑起舞。苇丛中偶尔传出几声水鸟的鸣叫，响亮而清脆。她不由得在心里想："这里简直是世外桃源啊！"

池塘中，荷叶才刚刚舒展，出水的如一把把绿色的阳伞微微招手，有的则依偎着水面，恬淡安然；有的则卷成个筒形，仿佛里面笼着一个不为人知的幻梦。只是现在还不到"小荷才露尖尖角"的时候，更无从欣赏"接天莲叶无穷碧，映日荷花别样红"的美妙。然而，这就足够了。对一个喜爱绘画的人来说，大自然是慷慨的。不远处的那一片细细的柳林，舒林间隐隐可见的茅草棚，还有草坡上踱着方步、低头吃草的老牛，都给她带来了无尽的愉悦和感动，也给她带来了奔涌如泉的创作热情。

她的足迹，踏遍了开封的角角落落。她的心中，收藏着汴京城四季花开的别样风情。世上哪有什么十全十美，哪有什么无憾，能够活着，能够享受着阳光温暖，耳畔拂过柔柔的清风，已是无限的美好。

一天天、一年年，大相国寺的晨钟暮鼓，老汴京城的一砖一瓦、一草一木、一个故事、一幕往事，都能勾起她强烈的意念：把它们画好。在她的屋子里，除了画稿还是画稿，一摞挨着一摞，到底有多少，恐怕连她自己都数不清了。

日月如梭，追梦人的脚步未曾停歇。经过六年的艰苦创作、2000多个日日夜夜的苦思冥想，她的创作终于接近尾声。记得在修改、校正《汴京八景图》的最后七天，为了不破坏脑海中的成熟构图，王雪锁上屋门，把自己关在屋里，谢绝跟任何人见面。她已经连续奋战了七天七夜，她忘记了吃饭，忘记了睡觉，甚至忘记了疲惫。她的眼中、心中，只有画布上的这个世界。一抹云、一株树、一棵草、一滴水、一片雪，这是一个虽然无声，却繁华热闹、变幻多姿的世界，是她几十年魂牵梦萦生长的地方，更是她拼尽心力的一个愿望。在它真正诞生之前，王雪不敢有一丝懈怠。

一直坚持到画作全部完成，放下笔的那一刻，她心里没有百感交集的复杂感情，也没有大气长舒的片刻轻松。她的大脑完全是一片空白，像是被抽空了。她整个人，也像一团棉花一样，软绵得没有一点儿筋骨了。

这幅25米长的四季八景图长卷，画卷中晴云碧树的繁台春色、萦烟绕雾的隋堤烟柳、穿林打叶的金池夜雨、仿若仙境的铁塔行云、漫天清辉的州桥明月、妙如天籁的汴水秋声、浓情深秋的相国霜钟、一片清明的梁园雪霁，无不处处显示当时汴梁城里的北方水韵和秀美风光。相比于张择端的《清明上河图》，以写意画的形式，融入意境美的同时，以色阶渐变过渡而连成了一幅四季八景图,从各个角度去展现宋都当时的盛况。她的画将北宋汴京的八个著名景观片段融为一卷,春夏秋冬四季景色自然过渡,被有关专家誉为《清明上河图》的姊妹篇。

她的这部作品一经问世,便受到业内和社会各界的一致好评,成为开封的又一张历史文化名片,分别在人民大会堂和故宫博物院展出,并被军事博物馆收藏。她的其他作品多次参加国内外画展,获河南省第八届、第九届、第十届、第十一届美展一等奖;米兰世博会银奖获得者。

著名画家谢冰毅评价:王雪的画以"意境"求"画境",以"画境"求"诗境",诗意化风格是她的绘画艺术的显著特色。北京青年文化策划人、经济日报社《中国书画》杂志特邀策划屈金星先生也盛赞此图的艺术创意堪称一流。

一转眼,六年的时间过去了。六年里,她一边努力打理着生意,一边勤奋作画。她把生意的利润最大限度地分给跟着她的业务员、促销员,不菲的收入让她们更加坚定地努力工作。自己的生活改善了,质量提高了,也给王雪创造了更多的财富。而她,除了坚持给自己的两任养父母生活费,更多地,她把钱用在了自己喜欢的绘画上。看着画室里堆积的数千张画稿,那都是她多少个日日夜夜,苦心创作的结晶啊。

终于,她的画作开始有人争相购买了。她的名气开始在画界传播开来。一次次参加市里、省里,甚至全国的绘画比赛,她的名字和作品,越来越多地被画界人士熟知和称赞。直到她的作品《汴京八景图》被中国军事博物馆展览并收藏，王雪走出了属于自己的一片天地，并在这片高手林立、大家荟萃的天地初露锋芒。

第七章　暂时的平静

　　生活往往就是这样，她为你打开一扇窗的同时，也会为你关上另一道门。没有永远的风平浪静，也不会是一成不变的惊涛骇浪。

　　刚出校门步入社会的王雪，虽然找到了自己事业的方向。可是仍然孑然一身，无论在哪里，身边都没有自己最亲的人。历尽沧桑，人最想要的，还是一个知冷知热、相依相伴的爱人。

　　王雪也到了谈婚论嫁的年龄。一天，养母家的姐姐来找她，说是要给她介绍一个对象。

　　"王雪啊，我们单位有个潘姨，她老公因工伤去世都二十年了。她人很爽快，也很能干，一个人把儿子抚养大了。现在她儿子也在我们单位。"

　　"单亲家庭啊？会不会有性格方面的某些缺陷啊？"王雪不是太上心，她心里渴望的是一个正常、健全的家庭。

　　"没有，她儿子叫张宜。个子不算矮，人长得也帅。性格比较活泼，跟单位里的人也都能处得来。我觉得他跟你挺合适的，你们处处，说不定就很合适呢。"姐姐一番好意，极力想促成一桩婚事。

"要不等过一段时间，我忙完了手里的工作，再说这件事？"

"哎呀，忙什么啊？终身大事才是你的当务之急。这样吧，你们先见个面。见面了以后看看能不能接着相处。"姐姐也是一个直性子，说话做事都是干净利落。她一听王雪说过一段时间，就替她急。所以不容分说就安排他们先见面再说。

"那，好吧。我们先见见试试吧。"

张宜的妈妈独自一人把儿子拉扯大，其中的辛酸和苦楚，自是一言难尽。如今儿子长成了一米七几的大小伙，虽然说不上有多英俊，也可以算是仪表堂堂，五官端正。张宜又跟王雪的姐姐在一个单位上班，一来二去都熟悉了，便想着把王雪和他撮合成一对。论相貌，也勉强和王雪搭得上。

两个年轻人初次相见，王雪皮肤白皙，眉清目秀，更有一身儒雅的书卷气，丝毫没有叱咤商场女强人那种盛气凌人的霸道。而张宜健壮的体格，不算太差的外貌，也让王雪能够接受与他交往。只是王雪的心中，渴望一个健全的家庭，从小被亲生父母抛弃，至今不明身世的悲伤，被无视冷落和辛苦劳作的成长经历也让她百感交集。她希望自己拥有的是父母双亲健在，一大家人和和美美、亲亲热热的天伦之乐。张宜的单亲家庭，总是让她有点儿小小的不自在。她已经恐惧非原生家庭和残破家庭带来的不安全感。

他们也和大多数小情侣一样，偶尔吃吃饭，看场电影，逛逛公园。交往了几次，对于以后的发展，王雪还是没有下定决心。就在她犹豫不决时，张宜却因为急性阑尾炎发作住院了。手术刚完，张宜母亲的单位却因为要赶工，连续加班。一边是没日没夜的工作，一边是生病住院的儿子。做母亲的两头奔波疲惫不堪，实在没法，忙不过来了。她找到了王雪，"闺女，阿姨拜托你帮我个忙吧，我现在实在是忙不过来了。"她一见到王雪就抓着王雪的手，眼神满是祈求。王雪看着忙得焦头烂额，疲惫不堪的潘姨，心里涌起的是无限的怜悯。一个母亲愿意为了自己的孩子去做任何事，如果自己也有妈妈呵护，那该是多么的幸福啊。眼下看着这一对遭遇困难的母子，苦命人总是怜惜苦命人。善良的王雪不忍心拒绝一个母亲的请求，更不忍心看到一个妈妈为了工作和儿子陷入艰难的处境。另一个原因也是他们俩正在处着对象，就觉得照顾张宜是自己不能推脱的责任。

张宜住院，王雪尽心照顾。不让他吃医院的公共饭食，每天自己在家熬粥煮汤，变着花样做好带到医院来。给他换洗衣物，洗手刮脸，凡是能做的，照料得比妈妈都细心。张宜本来就喜欢王雪，住院的这几天看王雪这样尽心地照顾，更是觉得此生非王雪不娶。张宜的妈妈也非常满意，也想尽快让儿子和王雪把婚事办了，了却自己为人母的心愿。于是，她一个劲儿地催着王雪养母一家人，让他们都帮忙说说，赶快把两人的婚姻大事解决了。

王雪心中虽然还隐隐地有自己的渴望，但是在照顾张宜的这一段时间里，她也觉得自己应该嫁给他。至于是出于同样不幸命运的同情，还是出于彼此之间能互相照顾，还是所谓的爱情，她有点儿分辨不清了。

就这样，王雪有点儿懵懵懂懂地走进了婚姻的殿堂，有了一个属于自己的家庭。她心里暗暗发誓，一定要呵护好自己的家，将来有了孩子，一定不让她受一点儿委屈，不让她承受家庭之痛。自己曾经受过的罪、留下的痛，绝不让孩子再面对。

婚后的生活是幸福而平静的。酒水生意有稳定的客户和自己的营销团队，丈夫张宜也很支持她的生意。张宜本来就喜欢没事喝两口，平时下了班就会来店里帮忙。他是个司机，业务量大的时候，只要电话一响，就是客户催货了，店里的人手有时候忙不过来，张宜就开着车子去送货。那段时间，真是铃声一响，说不上黄金万两，钞票也是哗哗地流进腰包。

王雪对家人好，对店员友善，对客户真诚。她总是觉得自己接受过太多人的恩惠。她的命、她如今的成就和事业，都是在很多好人的帮助下才拥有的，所以她完全不设防地对待所有人。她相信，付出善良就会收获善良，付出真诚也会得到真诚。她眼中的世界很美好，她把一切也想象得很美好。生活在她面前展开的，似乎是一条锦绣康庄大道。有家，有事业，有名望，上帝在她出生时无意间的疏忽，对她来说，不过是一笔丰厚的财富，是一场酣畅的洗礼。

生活，如此安静而美好。

第八章　忽然出现的生父

又是一年初夏时节了。院中的两棵果树已是花褪残红青杏小，飘摇的柳絮总是无孔不入，院中的角角落落，屋内的地面上，总有一团团的柳絮忽忽悠悠地飘落。屋内廊檐下，去年的那一对燕子新添了四只小燕子。每天它们嫩黄的小嘴从燕窝四周伸出来，唧唧唧唧地叫着，等待着老燕回来。

店里的生意这一段时间更是火爆。客户已经从市内到乡镇，从乡镇到农村，甚至扩展到了外地。整个市场像刚苏醒了似的，到处都有新的超市开张，就连每一个乡村，隔不远就有一家代销点。而各类酒水，又都是必备货品。高中低档，每瓶酒从几块到几十甚至到几百的，都有需求的人群。王雪新招进了几个业务员，又扩招了两名司机。每天虽然忙得团团转，可是每天的交易量和利润，也都让她觉得，忙并快乐着。

一天傍晚，店里来了一个人。

起初，大家都没有注意他的出现，只是以为他是一个来看酒的顾客。只见他戴了一顶黑色针织鸭舌帽，穿一件藏蓝色的夹克，没有拉拉锁，露出一件有着蓝白条纹的白底衬衣。同样藏蓝色的西裤，脚下是一双黑色皮鞋。

他从进到店里，就四处张望着。他中等身材，国字脸，眼睛细细的有点儿女人气，肤色是那种中原人的大众色，不白也不太黑。

"先生，您想要什么酒？零购还是批发？我们这儿酒类比较齐全，您看……"一个业务员看到他在那儿来回张望，赶忙过去招呼。

"我——不——买——酒。"他没有看业务员，一字一顿地点着头，继续用目光在店里逡巡着。一边还迈着小步，背着手，左手手腕上露出佩戴的锃亮的手表。

"那您在我们这儿，这是看啥？"新来的业务员有点儿不高兴了，心想你不买酒来我们这儿打搅啥。

"我找你们的老板，我有事要找她。你们的老板姓王，叫王雪，对不对？她不在吗？"这个中年男人走到吧台站定，斜靠在台边。一边跟业务员说着，一边在用目光找着什么。

"我们老板可能下午四五点钟才回来，您找她有什么事吗？如果是业务上的事，可以跟我们店的经理谈。"小业务员还在尽力周旋着。

"不，私事。我只跟你们老板谈。"他从兜里抽出一根烟，用火柴点燃了，猛吸一口，然后仰脸缓缓吐出一口烟雾。看样子是真的不见老板不走人。

恰好这时，张宜一边从外面进来，一边跟哪个客户打着电话。他声音很大，一边"放心吧放心吧，货明天就送过去，已经安排过了，好好，就这样啊，挂了"，一边扭脸还小声嘀咕，"这都忙死了，说话那么啰唆"。

他进门看见这个陌生人，有点儿吃惊，"你找谁啊？"

"我找你们这儿的老板。"

"你找老板？我就是。啥事啊？"

"你是老板？"中年男子有点儿不相信，"这不是女老板王雪开的吗？"

"我是她老公啊！你有啥事啊？跟我说一样的。"

陌生男子赶紧过来拉住了张宜的胳膊，凑近他身边神秘兮兮地在他耳边嘀嘀咕咕一阵。张宜先是有点儿吃惊，忍不住趔趄一下仔细审视了几眼陌生男子。可是，马上又被这个男人伸手捂住了嘴巴，并示意他不要讲话。

张宜也顺从地点头"哦""哦"两声，然后简单交代了店员几句，急匆匆地就和这个陌生男子一起出去了。

张宜直接把这个陌生男人带到了家里，王雪此时正在家中作画。从窗棂投射进来的夕阳余晖，投射在全神贯注作画的王雪身上。侧脸看去，她正眉头紧锁，白皙的脸庞透着一抹红晕，正低头凝神挥笔作画。画面上，是重叠的远山、浓郁的林木，似乎山风过处，正有松涛的声浪滚滚而来。她紧抿着嘴唇，目光灼灼，一缕刘海儿又让她平添了几许妩媚动人。

她哪里知道，找来的这个男人，这天黄昏时分的谈话，竟然又一次改写了她的人生。

来的这个人叫冯怀仁。他给张宜和王雪讲了他的一段经历。

他不是开封人，来自太行山附近的某一个地方。从小喜欢美术，画画特别有天赋。只是因为当时父亲一心希望他学医，他当时正是叛逆期，所以高中毕业后，就出来到处打工。二十岁那年，他凭借自己画画的功底进了当地一家大型公司，负责公司的文案宣传。青春年华，意气风发，工作又体面，不久，就和厂里的一个漂亮女孩儿谈起了恋爱。

女孩儿也是太行山脚下村镇里的人。都说一方水土养一方人，太行山麓，山清水秀，人杰地灵，女孩子个个长得水灵灵、白嫩嫩。交往了一段时间，有一天女孩儿急着来找他，告诉他说自己怀孕了，问他怎么办，他一时慌了神。他那时还太年轻，什么都不懂，还没有做好承担一个家庭的准备。他更不敢跟家里人说，自己当初也是跟家里人赌气才出来的，现在如果他们知道自己在外面做下如此荒唐的事，还不知道有怎样的结果呢。他就这样犹犹豫豫、推三推四地一天天拖着，可是女孩儿却越来越拖不下去了。直到有一天，女孩儿的父母找过来，在没有得到他的肯定答复之后，狠狠地扇了他几巴掌，并要他马上从这里消失，否则以后每天都会来这儿痛打他一顿。临走，女孩儿的父亲一脚把他踹倒，头正好磕在一把椅子的扶手上，鲜血直流。

他们恨恨地走了。他爬起来，去厂医院包扎好伤口，第二天就辞职离开了那里。

以后的事情，他就不知道了。后来他也打听过，听人说，女孩儿在生下一个女婴后，就直接送人了。而他，再也没有追问过女婴的下落。

这个故事无疑给王雪带来了莫大的冲击。她很小的时候，就听人们说起，她是第一任养母从太行山上捡回来的弃婴。因为这个身份，她从小受了多少冷落委屈，受到多少嘲笑打击。她无数次地幻想自己有一个完整的家，有自己的爸爸妈妈，他们给她讲故事，给她做自己喜欢吃的饭菜，牵着她的手走在公园的绿荫下，她开心得一次次在梦里笑醒，却一次次在醒来后泪流满面。

她在长大后也无数次地打听过，也托别人帮忙，可是还是一次次地失望。今天，这个陌生的男人，就这样毫无防备地出现在她面前，给她讲了一段她无论如何都想不到的故事。这个故事里的女婴，偏偏就是那个小包被里的女婴。

她一时怎么也转不过弯来，她脸色惨白，嘴唇哆嗦，身子发软，额头有细细密密的汗珠，她扶着椅子站起来，有点儿语无伦次地让丈夫赶走了冯怀仁。

走出门的冯怀仁，并没有离去，而是在王雪家楼下转悠。

他一根接一根地抽烟，扔得满地都是烟头。王雪站在窗前，一言不发。夜色渐渐漫上来，依稀还能看到楼下那个男人的身影在转来转去，王雪的心里像打翻了五味瓶。她想过、恨过、哭过，也盼望过、失望过，此时却说不清是什么感受了。张宜在身边一会儿看看她，一会儿看看楼下。他也在劝说王雪，毕竟是自己的生身父亲，能够找到真的都不敢想。虎毒不食子，他能找到咱，恐怕也是千辛万苦，不知道费了多少工夫呢。

王雪终于让自己平静了下来。他们下楼，把冯怀仁叫到了家中，接受了这个凭空而降的生父。那个时候，谁都没有其他更多的想法去做亲子鉴定。

成了王雪生父的冯怀仁，又说了自己目前的境遇。因为自己是一个绘画狂痴，为了画画，他拒绝了家人为他安排的所有工作。他的父亲是某家医院的领导，父亲一心想让他子承父业，做一名救死扶伤的医生。而他却坚持自己的梦想，除了画画，别无所求。为了能够练习绘画，参观学习，多方拜师，他辞去了医院的工作，把全部的精力和金钱都用在了画画上。以致妻子带着儿子离他而去，远去深圳。父亲一怒之下，把他赶出了家门。画画又不能马上能给他带来效益，所以现在他孤身一人，无依无靠，几乎是穷困潦倒，身无分文。他想求王雪收留他，一来他是王雪的生父，二来他们有共同的梦想，他可以在绘画方面为王雪提供一些帮助。

此时的王雪已经在绘画界拥有了一席之地，作品《汴京八景图》在中国军事博物馆展出并被收藏。她的画价格、销路都已经水涨船高。做酒水生意这么多年又顺风顺水，所以日子过得也算丰衣足食，条件优渥。生父的出现，让始终认为自己是漂泊无依的王雪心满意足。她觉得这是苍天不负苦心人，在等待了这么多年，盼望了这么多年之后，她终于知道自己是谁，知道自己是从哪里来的了。对于被抛弃，她已经没有丝毫的怨恨和计较。她把家中的一套大房子，收拾好了，让冯怀仁搬了进去。把自己的画案也摆在了那里，为的是让父亲能够舒舒服服地生活，安安稳稳地作画，满足他的心愿，实现他的梦想。她和张宜一家三口，则住进了一套较小的房子里。从此，冯怀仁过上了衣来伸手、饭来张口的安逸日子。衣食住行、日常用度，只要他需要，王雪都安排得妥妥帖帖。文人重名，书画界更是如此。人的名，树的影。她自己为了绘画所走过的艰辛道路，不堪回首。如今生父来到了身边，他也喜欢画画，为了画画也付出了惨重的代价。她觉得自己有责任和义务支持他、帮助他。让他成名，让他也拥有属于自己的辉煌。

第九章 "生父"的圈套

冯怀仁的出现，让王雪解开了心头几十年的心结，给了她尘埃落定的踏实感。她更加感恩生活，珍惜她所得到的一切。

以前，她除了潜心作画，还得经常跟同行，甚至是一些画商打交道。作品的润色、参展、销售，大大小小的信息，方方面面的渠道，接触的人也就形形色色。

冯怀仁的出现，改变了这个现状。他不让她露面，所有人事方面、作品买卖，都由他去接触洽谈。王雪也乐得清静，只顾埋头作画，间或打理生意。酒水代理的利润是很可观的，但是用于自己喜欢的事业上，王雪也从不吝啬。

过了一段时间，冯怀仁提出了要创办王氏艺术中心的想法。并说为了能够名正言顺，他情愿自己改名叫王怀仁。王雪一开始反对，但冯怀仁说，王雪姓王，自己姓冯，父女不同姓，会让人奇怪的。王雪已经有了名气，不能再改，干脆，自己改吧，权当是个笔名。只要有利于事业发展，自己怎么都行，一席话，说得王雪都十分感动。从此，冯怀仁就成了王怀仁。

能够把自己的绘画才能更多、更好地展示出来，同时也帮自己的生父创立基业，让他有一番作为，也是王雪求之不得的。于是，她拿出多年来所有的积蓄，如数交给王怀仁。从找场地，做设计，到最后落成，开业，张灯结彩，热热闹闹，红男绿女，商贾云集，她只做了一个全盘出资者。

艺术中心常常有文人雅士，品茗小坐，书画往来。渐渐地，许多面孔都已陌生。有时候她在这里，王怀仁就介绍说她是做酒水生意的王总，从酒上转行投资书画的。压根儿不提王雪本身在绘画界的名声和成就。王雪心想，做父亲的可能是觉得夸自己女儿有点儿不好意思吧，所以从来没有想过这有什么不妥。

有一次王怀仁带她去见他一个张大哥，初次见面，王雪见这个张伯伯慈眉善目，举止优雅有度，谈吐风趣可爱，感觉他是一个性情中人。又见他家书画收藏颇丰，艺术氛围浓厚，是个对书画文化艺术比较热爱，很是用心的人。王雪不由得对这个张伯伯多了几分好感。

回去的路上王怀仁感慨着，话题不由得说到了他这个张大哥，转脸对王雪说："妞，知道我为什么让你跟他叫张伯伯吗？""咋啦？他不是你的大哥啊？"王雪有点儿好笑。

王怀仁不置可否地笑笑，深吸了一口烟说："我让你跟他叫张伯伯，你知道为什么吗？这个张大哥是个花心大萝卜，不能见美女，一见就不择手段地占有。人极其险恶，辣手摧花，手段多。他今天知道你是我的女儿，他会放过你，并且看我的面子还会关照你。"说完，他兀自吐了口烟圈，然后把烟蒂扔在地上，狠狠地踩了几下。

王雪看着眼前的这个父亲，有点儿稀疏的头顶此时似乎有了几分沧桑。她从心底热爱着这个男人，果然是自己的亲生父亲啊，会时时处处地为自己着想，任何时候都会保护自己的孩子。可怜天下父母心，自己今天终于也感受到了被父母呵护着的温暖和安全。

这次以后，王雪对他的话更是言听计从，说一不二，尤其在一些特殊的场合，王雪全力支持、帮助他。有画商来谈业务，需要她做王总她就做王总，给他经济实力的支持。有画友、画家聚会，或是做作品参展参赛，需要她在外人面前赞美他，她就充当他的仰慕者，最忠实的粉丝。

金秋时节，天高气爽，风轻云淡。某景区内剑锋千仞、沟壑奇幽、飞瀑流泉、林木葱茏，吸引了来自各地的游客，同时也成为画家采风写景的胜地。这里的绿树碧草、彩霞天光、云峰画廊，感染着也激发着艺术家们强烈的创作欲望。

由王雪创办的王氏艺术中心，所有运营全都是王怀仁一人。这期间，他结交了一个叫安训的画商。王雪对此并不知情，对安训这个人更是一无所知。后来，王怀仁告诉她，他和安训要组织一批画家到新乡某旅游景区采风写景，作为艺术中心的一个重大活动，王雪还是一如既往地给予了最大支持。

此次组织的书画家有三十多个。有开封地区的，也有新乡当地书画界的一些名人。他们在这里看朝霞，赏余晖，穿林海，过峡谷。题字画画，交流心得。转眼之间，已是两个月了。王雪为了表达心意，也给安训画了两幅画，并且给他店里送很多自己的汴京八景图礼盒。

两个月的旅游写生，三十多个人的吃喝用度，都是王雪出资赞助，而这些画家的作品都由安训接收。许多天过去了，始终也没有给书画家费用，王雪的八景图礼盒，价值也不菲，都分文没给。

活动过去，给王雪留下了一地鸡毛。画家们不时给王雪打电话，追问费用或画作去向。而支出的一大笔费用又成了生意上的一个大洞，进货通道一下卡壳，该结的款拖了多次，熟悉的供应商也都犹豫着不再发货。没有办法，王雪想问一下艺术中心的运作，自己的创作不少，尤其八景图，她想着父亲手里的资金，应该是足够帮她来过渡这点儿危机的。

可是实际情况，却让王雪吓了一跳。原来王怀仁曾经让她把所有的汴京八景图礼盒放在他一个朋友的仓库里。她去拉的时候，少了一半。因为人家没要仓库租赁费，纯属帮忙，礼盒又是王怀仁拉走的，她连赔偿都没法张口。她去了趟新乡，在当地书画界朋友的帮助下，多方打听找到安训，安训却告诉她，他和王怀仁是沟通过的。他给王怀仁一辆黑色比亚迪轿车，抵消这边所有欠款，并拿出了他和王怀仁所签的字据。王怀仁让他儿子直接把车从新乡开到了深圳。王雪用手机在安训家里的监控上偷拍了证据，想着如果再有人追着自己要账，就放给人家。可是没想到王怀仁气急败坏地赶过来，一连声地咆哮、指责王雪，说王雪对他进行追查了，对这个生父阳奉阴违、不仁不义。王雪摇了摇手机，说你也不该背着我把钱都转移走，让我没法跟人家交代啊。他听了，更是恼羞成怒，冲到王雪面前，一把夺下手机，然后甩手狠狠地把手机砸向地面。"啪"的一声，手机撞上大理石地面，随着一声脆响，摔了个粉碎。

当时有几个当地的老书画家正好在场，他们早就听闻王怀仁认王雪是女儿的事情，经历了这些事情，再目睹眼前的情景。不由得都暗暗劝诫王雪，"孩子，你赶紧仔细盘点一下你的资产，防人之心不可无啊"。德高望重的徐老师，更是连连摇头，直接让王雪报警。可是王雪仍然怀着一丝侥幸，不忍心跟王怀仁再闹僵下去。

她忽然想起了一件事。虽然事情已经过去了很长时间，可是每次她想起来总是满心疑惑。那是她和王怀仁在艺术中心忙完一次活动，客人们都相继离去后，王怀仁拿出了一瓶红酒，并去附近饭店买了两个小菜。

"怎么想起要在这儿喝酒了？"王雪收拾着有些凌乱的东西，并没有注意王怀仁的动作。

"今天的活动很成功，来的都是名流大咖，作品推出了不少。"王怀仁一边拿杯子斟酒，一边喜气洋洋地跟王雪说，他的眼神很快地瞄了一下忙碌的王雪，不易察觉地露出一丝笑。

"你不用给我倒，我不想喝酒，你自己喝点儿就是了。"王雪平时也很少喝酒，偶尔应酬的时候，不得已喝一点儿，不过从来没有喝醉过。

"诶——"王怀仁有点儿不满地拉长了声调，"难得今天高兴，你怎么一点儿面子都不给啊？来来，咱俩少喝点儿，庆祝庆祝。"

王雪只好坐了下来。一杯酒喝完，王雪感觉有点儿头晕，正好她老公张宜送货从这里经过，给她打电话问要不要接她一起回家。王雪凭着最后一点儿意识，告诉老公自己在艺术中心正喝酒，并告诉他自己有点儿喝多了。

张宜出现在店里，王雪只记得自己在老公的搀扶下上了车，回到家后的事情全然不记得了，似乎自己那段时间的记忆凭空消失了，她怎么都想不起来回到家后的一切。

"自己怎么会喝醉到什么事都记不起来呢？"

还是后来一次偶然中，她忽然明白了。那天她准备动手创作自己构思了很久的一幅图，而有关那幅图的一些原始底稿在王怀仁的住处。她没有想那么多，就准备到那儿找一找。就在她打开房门的时候，她听到屋子里有异样的声音，可能是她开门的声音同样惊动了屋子里的人，只见王怀仁光着膀子，提溜着裤子，慌慌张张地走出卧室，并随手关紧了卧室的门。

王雪疑惑地看了看屋子，客厅的餐桌上，还摆着吃剩下的盘子、杯子，杯中还有没喝完的红酒，已是一片狼藉。现在又不是晚上，怎么王怀仁衣衫不整，如此狼狈呢？王怀仁一看王雪进来，脸色特别难看。"你怎么不打招呼就进来呢？"他的语气很是不满。

"我就是顺路过来找点儿东西。"王雪看了看卧室的门，就在刚才关门的瞬间，王雪看见卧室的床上，躺着一个赤身裸体的女人。只是那个女人似乎没有意识到有人进来，无动于衷地一动不动。

"你以后过来提前给我打电话，别搞突然袭击。"王怀仁一副逐客的态度，好像王雪不是这里的主人，只是一个意外的非法闯入者。

王雪没有找自己的东西，赶紧离开了。虽然她不能确定眼前所见到的事情，是不是王怀仁用了迷药骗了一个女孩子。但是联想起上次自己跟他喝酒后的毫无意识，她不由得心惊肉跳，这件事在她心里成了一个解不开的疑惑。

王怀仁也有王雪店里的钥匙。一天上午，王雪去店里拿东西，发现店里留存的货品，所有好的都不翼而飞了，屋里的摄像头也被破坏了。惊慌过后，王雪想到隔壁快捷酒店门口的监控正好对着自己的店门，赶忙到酒店，跟人家一说，都是对门邻居，他们就帮王雪调看监控。这一看，监控里出现的，正是王怀仁。就在前一天的夜里，他指挥着两个工人模样的年轻人，把店里的纸张和其他画作，搬到自己开的一辆货车上，扬长而去，灯光下的脸，看得清清楚楚。

王雪实在有点儿招架不住了。她不知道自己该不该怀疑这个曾经忽然出现的生父。近些年的一件件事情，自己被一步步算计，多年的辛勤所得，不仅没有让她和家人过上安稳的生活，反而越来越举步维艰，麻烦缠身。

眼看着快过年了，她打起精神准备趁这段时间，再好好地打理一下酒水生意，正好往前就是旺季了。那天，店里忽然来了几个人，特别热闹。他们好像谁也不认识谁，在店里转来转去，问问这酒的价钱，问问那饮料多少钱。翻来覆去，挑挑拣拣，几个业务员忙得团团转，一会儿招呼这个，一会儿回答那个。王雪一会儿也不得不出来，给他们介绍两句。闹腾了一阵，安静下来了，似乎并没有成交一件生意。可是，不一会儿，王雪发现自己的钱包不见了，钱包里装的，全是她要年前结账的欠条，这下把王雪和店里的人都吓住了。这可不是一笔小数目啊，何况，春节全指望能收回欠账过年了，这下全完了。王雪下意识地打电话给自己一家铺货的老板，人家说，王怀仁已经来结过账，清算过了。

她不死心，颤抖着手——打过去，所有她铺货的账，王怀仁全结过了。

这个时候，她才逐渐清醒。所谓的生父身份，忽然之间变得狰狞可怖。她必须得去查清楚了，就是死也要死得明明白白啊。

很快，王雪找到了王怀仁的家。所有了解详情的，他之前的朋友亲戚，都痛骂他丧尽天良，良心让狗给吃了。王怀仁的老爷子倒也爽快，把他的恶行抖搂个底儿朝天。原来这个王怀仁确实在医院待过，可是他坑蒙拐骗、游手好闲，是个十足的无耻之徒，专门骗女人。老爷子当院长时，人家不看僧面看佛面，不敢开除他。可是老爷子刚退休，医院立马把他撵走了。因为实在嫌丢人，老爷子把他撵出了家门。

就连他老娘也说，谁知道姑娘怎么又会骗着你，他本身都不是个好东西。他媳妇不得已才带着儿子上深圳过的，并且他儿子在深圳赔了钱。所以才去骗你们啊，骗来的钱再去给儿子填坑。

毕竟是做母亲的。知道儿子做下了罪孽，可是还是想替他辩白，几次三番阻止老爷子再牵扯儿子的其他恶事。最后还嘀嘀咕咕地自言自语，说她儿子骗人是人家这些女人愿意上当。

至于王雪问的太行山一事，压根儿就是王怀仁编的一派谎言。到现在她终于彻底清醒了，她被这个所谓的假生父骗得一无所有，还背上了一屁股债。

第十章　死亡边缘

季节更替，冷暖寒凉，总是出人意料，猝不及防。

天突然冷了，不要任何过渡，没有一点儿犹豫，就这样突然间冷了。季节之间的交接这样生硬干脆，不是阳光的缱绻，不是风的千呼万唤，而是一眨眼，秋尽冬来。昨天，不知名的行道树还满枝金黄粉红，招摇着、闪亮着，只一转身，它就变成了孤家寡人，落木萧萧，漫天疏狂。那些曾喧哗着在夏日热恋的树，一下子脱去了所有的羁绊，瘦了，却更显出一份清峻风骨，枝丫苍劲，指向天空，然后在酣畅淋漓中挥洒了横眉冷对、瘦而不弱的精气神。

王雪一向不喜欢冬天，因为怕冷。一想到月冷星淡，霜花凝窗，就感觉一阵寒意袭来。一段一段的日子，被一件一件未可预料的烦事搅扰，被一张张狰狞阴险的嘴脸拨弄。有时候就是想不明白，为什么善良往往招致磨难？为什么坦诚常常被欺骗？为什么良知泯灭却可以恣意妄为？为什么坚守初心者希望却遥遥无期？

这一年的冬天异常寒冷。一连大半个月，太阳都没有露出过脸。刚喝过腊八粥，一场酝酿了多日的雪终于来临。从早上开始，天空开始飘起了细细密密的雪粒，朔风一会儿把它们卷起再撒开，一会儿又斜斜地把它们撩起又摔下。路上的行人都裹紧了厚厚的棉袄，趔趄着在风里前行。如果不是非有什么事情，谁也不想走到外面去。临近中午，雪花飘了起来。连天拥地，纷纷扬扬，那雪下得恣意张扬。来来往往的车辆，让积雪的路面泥泞而湿滑。所有的车辆、行人，都放慢了速度。马路两边的绿化带，全披上了洁白的头巾。

随着这场雪的到来，年味儿也渐渐浓了。空气里似乎总飘着丝丝缕缕的香味，人们的脸上也都洋溢着即将迎来节日的喜气，熟人相见，都会不自觉地打招呼："备年货了吗？"

"嗨，准备那么早干吗？现在跟以前不一样，不用准备那么多，再晚几天也来得及。"

"回哪儿过年啊？孩子过年回来不？"

"回孩子奶奶家过，老人都在老家，过年了得回去看看。"

对于孩子，年的感觉更多的是一场盛大的家庭聚会。而对于大人来说，年，是一段忙碌的休止，是老家的呼唤，是亲情的融合，是祖祖辈辈、代代传承的节日。但是，这个年，对于王雪来说，却是一个怎么也过不去的坎。

货款被王怀仁全结完了，货他也拉走那么多。没钱进货，店里的生意一落千丈。每天都有要账的进进出出，好说话的，脸色虽难看，勉强还客客气气。不好说话的，三言两语下来，就开始说难听的话。一向要强上进，把信誉和名气看得比生命都重的王雪，越想越伤心，越想越绝望。

她想了很多很多。小时候的孤苦无助，农田里的伤痕累累，自己打工挣钱求学的艰难，无数个日日夜夜挥笔作画的辛苦。几十年不明白身世不知道亲生父母的不幸，往事一幕幕在她脑海里盘旋。眼前是一张张追着自己要账的脸，还有王怀仁那满是狞笑的眼神。她怎么也没有想到，人性竟然如此险恶。即使他冒充自己的生父，这么多年自己对他的供养也足以让他要名有名，要利得利啊。又何苦这样欺骗自己，还把她推进无底深渊？

王雪连着几天都无法入睡，失眠让她的情绪几近崩溃。这天一大早，王雪就在画室里转来转去，她昨晚又失眠了。此刻的她，双目无神，面容憔悴，蓬头垢面地披着一件厚重的毛呢大衣，不时地在桌案上、墙角处，翻找着自己曾经画好的作品。大约十点多，丈夫张宜发现王雪不见了，他赶忙问家里人，有没有看见她，或是知道她去哪里了，家人都说不知道。大家心里忽然有一种不好的预兆，赶紧冲出家门，开始四处寻问。就在家人开始忙忙乱乱地互相打问寻找时，忽然听见有人大声叫了起来："楼顶上有人！快来人啊，有人要跳楼！"

"哎呀，不得了了，王雪要跳楼啊！"

"快，快打110，快报警！"

此时家人、邻居和围观的人，都纷纷地大声劝导她。

"孩子，你可千万不能想不开啊，啥事都会过去的，哪有过不去的坎儿啊？"

"别傻了，闺女，你死了，都便宜那千刀万剐的骗子了。下来吧，下来吧，等抓住骗子咱把钱追回来。"

"啥都没有命金贵啊，留得青山在，不怕没柴烧。只要有命，就有活路的。"

听不清谁说的哪一句，面对这个苦命的女子，大家都在大声地呼喊着劝慰她。顶楼上的她虽然听不清大家都在叫喊什么，但是她能感受到人群对她的关切，可是她还是觉得没有活下去的勇气。她抱着自己的画，不说一句话，也不看下面的人群，就想着如果跳下去，所有的苦难和这些是非就一了百了了。

紧急时刻，龙亭分局的干警们及时赶到了。他们迅速地在楼下支起救生气垫。几个民警在楼下高声地劝说，另外几个民警快速地沿着楼道往顶楼上爬。

民警们一遍一遍地劝说，并告诉她，他们会尽全力尽快找到骗子，帮她追回钱物，弥补损失。王雪站在楼边开始放声痛哭，冲到楼顶的民警敏捷地伸手拉住了她，把她劝了下来。

从死亡边缘被劝回的王雪，打起精神支撑着。跳楼事件后，那些要账的暂时消停了，没有再来逼迫。这样，王雪一家得以过了一个平静又凄凉的年。她懂得，即使这个世界还有那么多霆雨霏霏，有那么多黑暗寒冷，即使善良没有回报，坦诚换不来微笑，良知唤不醒邪恶，但是还有太多太多的人选择善良和坚强。待尘埃落定，雪花飘落，一冬的萧索又算什么？多少个冬日，她独自面向寒冷，风雨不躲，坎坷不逃。今天，她依然必须这样。

刚过完年，龙亭分局的干警就投入了对这个案件的调查中。根据已经掌握的信息，这个王怀仁已经跑去深圳，并且换了电话号码。

"不管他跑到哪里，我们都要把他找到，还受害者一个公道。"经过民警连续几个月的追踪，终于查到了他在深圳布吉街的地址。得到消息的王雪第一时间赶到深圳，在他的居住地堵住了他。面对这个自己曾经掏心掏肺供养，如今又把她骗得债务缠身的骗子，王雪恨不得冲过去跟他拼命，然而她还是强迫自己冷静。

面对王雪的愤怒质问，王怀仁丝毫没有愧疚之情。他还振振有词地说："我儿子在深圳跟人家合伙做生意，没想到把老本都赔了进去。跟他一起投资的人赌上的是全部家产，生意赔了，钱没有了，人家扬言要杀我儿子。儿子找我求救，我也是没有办法才动用了你的钱，来给儿子救这个急的嘛。"此刻的王怀仁早已没有了当初在王氏艺术中心时的风光体面。还是穿着王雪曾经给他买的一套西服，皱巴巴的，好像很久没有换洗过。他低垂着头，坐在王雪对面的一把椅子上，头顶秃得更厉害了。

"那你就昧着良心把我这么多年的心血全部卷走，那么多人天天追着我要账，我怎么办？"

"这钱我又不是不还，你给我点儿时间。"狡猾的王怀仁开始耍心眼，想要尽快摆脱王雪。

"我都被逼到跳楼了，你人跑得没影儿，手机换号，你这是打算还钱吗？今天你不给我个说法，我是不会走的。"说着，王雪也坐了下来，以表示自己这次要账的决心。

王怀仁一拍桌子，噌地站了起来，冲着王雪梗脖子就嚷嚷："我说了，我现在没钱，钱都还账了。你就是追着我，我也还不上，你看怎么着吧？"说完，一副我是流氓我怕谁的样子。

"那我只有走法律程序，我们法庭见吧。"对这种江湖术士、诈骗惯犯，王雪实在不是对手，也不知道再怎么说下去。

"你告吧，我名下现在是没车没房，没钱没粮，一毛钱财产都没有。你就是告赢了，法院判了，还是让我还钱。可我没有能力偿还啊，法院还能怎样？强制执行也执行不来一分钱。"听他这样说，王雪大骂他是无赖。

"你就是再骂，我也没有钱。不如这样，我也是画家啊。你别缠着我要钱了，让我安心做事，等我事业发展得好了，钱自然就挣回来了，有钱了我就还你，这样对你、对我都有利。"王雪听了气得用手指着他，除了大骂他无耻，一句应对的话也说不出来。这次到深圳，王雪一无所获。

在几个朋友的帮助下，王雪再一次来到王怀仁的家，找到他家老爷子，希望能通过老人帮着追回点儿账款。

对王雪的再次到来，他妈妈的态度非常决绝。一口水都没倒，就绷着脸，硬生生地把王雪的话头截住了，"他也好几十岁的人了，跟我们分开也有一二十年了，我们怎么管得了他？再说了，如果不是当初你们一个个愿意上他的当，怎么会有今天啊？"

他家老爷子还算明理，赶紧摆手阻止老婆子："你这说的啥话啊？本来就是这小子不争气，净祸害人家，你就别替他遮羞了。"

老爷子说完，赶忙让王雪进屋坐下。王雪先被抢白了一顿，一下子也缓不过情绪，脸上木木的，屋内的气氛有点儿僵。

"去，去倒杯茶，孩子过来了，咱就商量商量。"姜还是老的辣，老爷子吩咐过老婆倒茶，就问王雪是怎么想的，准备怎么办。王雪告诉他，如果真的再要不过来钱，就准备起诉。老爷子听了，连连摇头叹息，说自己竟养了这样一个不肖子孙。

王雪看老人痛心疾首的样子，也不知道该说什么了。短暂的沉默后，老爷子抬起头，慢慢地对王雪说："孩子啊，你听我一句话，现在他手里也的确没有钱，他儿子的事情你应该也听说了。我们老两口的棺材本也都被他搜罗了去，填了坑了。你啊，不如再给他一个机会，给他点儿时间让他发展发展，等他翻了身有钱了，他一定会把钱还你的。我都这把年纪了，我给你打这个包票，行不？"

老人话说到这份儿上，王雪也不忍心再说什么，站起身，叹息一声，"唉，那好吧！"就走了。

第十一章　负债离婚，独自担当

　　漫长的冬天冻结了眼中的风景，冻结了心绪。于是心中对春天的期盼，还有那份生命的激越，便在一场场骤然来临的寒意中沉默而寥落。尽管不相信奇迹，王雪仍然默默地祈祷：寒冷的日子快点儿结束吧。

　　此时，隐约的春消息正悄悄萌动。阳光渐渐温暖了，绿色在枝头已绽开新芽，柳条的柔枝在风中舒展，玉兰花在枝头吐露芳华，道路两边的樱花，清淡的绿芽泛着凉如翠玉的光芒，粉白的花朵绽开明媚的笑靥。

　　往年的桃红柳绿，明媚而妖娆，今年，却怎么如此战战兢兢，任你千呼万唤，还是犹抱琵琶半遮面？

　　走投无路的王雪再一次远赴深圳，在布吉街王怀仁的住所堵住了他。

　　"你怎么又找来了？"一见到她，王怀仁就像被蝎子蜇了一样跳起来，怒不可遏，好像骗钱的人不是他而是别人。

王雪却很镇定，她知道跟这个人吵也没用。"你得想办法还我钱，要不然我没法维持下去。欠下那么多债，我们一家怎么生活？要账的天天找上门，我们怎么办？"

"你找我，我也没钱。你告啊，你就是告我，告赢了我还是没钱。"王怀仁的语气，每一个字都像一个弹出的石子，阴冷而僵硬。

王怀仁霸道无耻的态度也激怒了王雪，她脸都气白了，"你没钱是吧？你不是把钱都给你儿子了吗？那我去找你儿子，让他想办法还钱。"

王怀仁一听暴跳如雷，他恶狠狠地一把把帽子扯下来攥在手里，指着王雪咆哮起来，"你敢！你敢拿我儿子威胁我试试。"

"你信不信今天我就让你出不了这个门？别忘了，你也有儿子，你敢跟我儿子见面，我就立马找人把你儿子做了。咱看看谁狠！"他咬牙切齿，步步紧逼，歹毒怨恨的眼神紧盯着王雪，把王雪逼到了墙角。王雪挥起手中的提包，猛地砸向这张狰狞丑陋的脸，就在他捂脸嚎叫的同时，王雪转身夺门而逃。

跑出去好远，她还心有余悸，不停地回头看。

这次她是满怀失望和害怕回到开封的。这个王怀仁是说到做到的，他什么样的坏事都能做出来。天气阴沉沉的，即使有阳光，也苍白着脸，没有温度。那恶鬼一般的梦魇紧紧缠绕在王雪心头。没有比这更迷茫的感觉，她看着黑夜一点点逐走黄昏，听大地一点点变得沉寂，心中却是疲惫、绝望，又满心不甘。她思前想后，心中已经有了一个想法。

"咱们离婚吧！"回到家的王雪，第一件事就是跟丈夫张宜提出离婚。

"离婚？为什么？"张宜一头雾水，吃惊地瞪大了眼睛看着王雪。

他们两个人虽然说不上多么恩爱，可自打结婚也是平平静静，日子过得也算从从容容，从来也没有红过脸吵过嘴，更没有什么大的纷争，怎么突然之间就跟自己提出离婚了？

"咱俩必须得离婚。你看现在，咱一下子背负了几十万的债，我们拿什么还啊？另外离婚后，儿子跟着你，你把儿子带回老家，谁也别告诉，我怕儿子跟着我会有危险。"

王雪凝重的语气和严肃的神情让张宜意识到了什么，他性情本来也弱，没有主见，原来听妈妈安排，婚后基本都是听王雪安排。

"所有的欠条，全部更改成我的名字。咱们的房子、车子也都要卖了，你和儿子需要生活，拿走一部分，剩下的我先还一部分账。以后，这里所有的欠账和任何事都和你跟儿子无关。"张宜知道，王雪既然已经这样做了打算，自有她的安排。他也就只能同意了。

王雪知道，以后的日子会很艰难，不知道还会有什么样的变数出现，她不想让丈夫跟她一起承担这么大的灾难，更不愿意让张宜和儿子跟着自己担惊受怕。

　　王雪平静地把这些事一一做完。现在，又成了一个人，还有一身的负债。

　　她，抬头看看天空。真希望有一双手能为她撑起一片晴空。让生命中所有的悲苦，都在瞬间灰飞烟灭。尽管她让自己坚强，让自己乐观，但是，眼泪仍然从滴滴的洒落变成了恣肆的汪洋。她就像是一个孤苦的旅人，奔波在无尽的黑夜，稍有懈怠，便会跌入万劫不复的深渊。这一路，她走得好累好难。多年后，王雪在开封民建书画院堵着偷偷回来的王怀仁一次，有朋友劝说，不让给他办得太难看，好好跟他说让他还钱。吓得他画了画，饭都没吃就跑了，然后就再也见不到他的人影，手机还是一直换号，名下还是一直没有资产。

　　记不得谁说过这样一句话：这一生总有几个人，像钉子一样守候在命运的岔路口，一瞬间就决定了生命的方向。出现在她生命中的人，有所谓的家人，有师长，有朋友，更有让她走投无路的骗子。

　　此刻，王雪觉得自己就像那为路人遮了一夏阴凉的树叶，在无情的秋风中旋转飘摇，不知道最终会飘落于哪里。

第十二章　收养弃婴孤儿

王雪离婚后，张宜带着儿子回了老家。王雪独自一人扛起偿还几十万元巨债的重担。从当初的艰难举步，到事业的风生水起，然后被那个冒充生父的王怀仁骗到一无所有。饱经世事沧桑，让她对身边的孤儿和弱势群体更加怜悯同情。

王雪被骗，深陷债务又孤身一人的事情，有很多的传言。但是不管是哪一种，人们对王雪的遭遇都很同情，对她的大义也很佩服。作为一个成名的画家，她的作品依然是一画难求。而她的遭遇，也传到了市领导的耳中，市里的领导非常重视，特意请她过去谈话，详细了解原委。

"简直太不像话了！丢我们开封的人，也丢文艺界的人！不要让他再回开封，回来我们就不会放过他。"

"事情已经过去这么久了，我也不想再追究他的法律责任了。因为他，我的家都散了。我只希望他能还回来一部分钱，让我及早把债还清。"

"他在外边发展也好，落魄也好，我们管不住他。但是他这种败类坚决不能在开封再出现。你安心画画吧，我们会尽量帮你。"市领导对王雪做出了承诺，这也让王雪感到了来自政府的支持和力量。

王雪在北京的梁老师得知了她的遭遇，辗转找到她的电话号码。一天，王雪的手机响了，她拿起手机接听电话，"喂，是王雪吗？"

"喂，你好，请问你是？"她一时没有听出声音来。

"哦，我是你北京的梁老师啊。我才听说了你的事情，你现在还好吗？"电话那端传来的是久违的亲切的声音，语速缓慢，却充满了一种柔柔的关怀。王雪欣喜异常，毕业这么多年，自己的老师竟然还能找到自己，还能在自己最落魄的时候打来电话问询，她一时百感交集，鼻子一酸，眼泪差点儿流出来，"梁老师，你好，你好。我是王雪啊。这么多年没有见您，您还好吗？"王雪激动得有点儿语无伦次。

梁老师在电话里，说自己还记得王雪在学校时的几幅作品，他说那些绘画很有穿透力和震撼力，至今想起还记忆犹新。王雪又跟梁老师谈了她创作的《汴京八景图》，他们在电话里甚至沟通交流了王雪所遇到的一幅作品的问题。这通电话，打了很长时间。

最后，梁老师对王雪说："孩子，你是一个出色的画家，更是一个生活的强者。我欣赏的不仅仅是你的作品，更欣赏你自信、自立、自强的这股劲。"停了一下，梁老师继续说："孩子，你只管坚持自己的梦想，相信天无绝人之路，我们都会尽力去帮助你的。"

"梁老师，谢谢您！谢谢您！能联系上您我已经非常感动，感谢您还记挂着我，并依然鼓励我。"王雪的道谢是真诚的，挂断电话，她还沉浸在和老师通话的幸福和激动中。

因为有了梁老师的协调帮助和王雪作品的优秀，不久王雪就接到了北京书画院的签约信息。河南省美术家协会主席谢老师也找到了她，并在翰园碑林和多个艺术馆所，帮助举办了王雪绘画作品展。一年多的时间，王雪勤奋作画，很少外出。她把自己全部的精力都用在画画和对两个小孩儿的抚养上。

终于有一天，她还清了最后一笔欠账。拿着那张有自己签名的欠条，她长长地舒了一口气，然后微笑着，慢慢地把欠条一下一下，撕得粉碎。最后扬手一撒，碎屑纷纷扬扬，雪片似的飘落，落在整洁的地板上，雪白、刺目。

身上再也没有欠账的枷锁，她可以重新扬眉吐气，做自己想做的事情了。这是一直缠绕在王雪心里很久的事情。

王雪多年前在一次偶然事件中认识了李雄，她只知道李雄从事的是舍小我为大家，用性命捍卫社会安宁与和平的缉毒警。虽然生活中从来没有什么来往，但是她一直把李雄当作自己最崇拜的英雄。李雄是一个缉毒警察，他在侦破一起毒品案件时，被贩毒分子反侦察，遭到了灭门之灾的报复。他的妻子当时在医院刚刚产下一个男孩儿，就遭到了不测；当时幸亏孩子还在医院的监护室，才免遭杀害。可是如果不能把孩子赶紧救出医院，他也难逃毒手。现在李雄和他的家人都身遭不测，她既悲伤又痛恨毒贩的心狠手辣。生死关头她来不及多想，在几位警察的协助下，她化装成待产的孕妇，躺在120急救车的担架上，盖着一床花布棉被，像所有的产妇一样痛苦地呻吟着，被急匆匆地送到医院，推进了待产房。医院里每天都是进进出出的孕妇、病人，平常的陌生面孔自然引不起注意。不久传出她产下一名男婴的消息。两天后她头上戴着产妇的月子帽，穿着宽宽松松的产妇服，在老公细心地搀扶下，由家人陪同，抱着婴儿顺利出院。她抱着的这个婴儿，就是李雄在世上的唯一后人。

五月的天气最是宜人。大南门外的城墙公园，已是乱红飞舞，绿树婆娑。几棵开着紫色小花的苦楝树，散发着清冽的独特的香气，高高大大的泡桐树也开花了，粉嘟嘟的花朵一串一串挂满枝头，空气里混合着它甜腻的芬芳。到处是早起晨练的人们，甩长鞭的把胳膊抡开了，"啪""啪"的脆响便在耳边炸响，打陀螺的把脚下大大小小的陀螺抽得嗡嗡作响，旋个不停。一群群大姐、大妈，放着各自的音乐，这里一堆，那里一片，腿脚跳起来，胳膊舞起来，跳得如痴如醉，不亦乐乎。王雪沿着石子铺就的小路，向着太阳升起的方向走着。阳光透过枝丫洒下来，很温暖，不时有三三两两慢跑的人和她擦肩而过。忽然，她发现前边不远处有几个人在围观着什么，旁边还有一辆警车在闪烁着警灯，她也好奇地凑过去。原来是有人发现了一个用小碎花包被包着的女婴，包被潮湿冰凉，女婴也已经被冻得脸色铁青，奄奄一息。从人们七嘴八舌的议论和警察的询问中得知，这个婴儿应该是昨天晚上就已经扔在了这里，并且在这儿冻了整整一夜。围观的人一边痛惜着这个可怜的孩子，一边痛骂扔孩子的父母狼心狗肺。

"这爹娘该有多狠心啊，竟然把孩子扔在这里一夜。"

"唉，真是可怜，要是头天晚上有人发现，可能也不至于冻死。""真没见过世上竟有这样的父母！养不起或者不想要，你送人也好啊，竟把孩子扔到这儿。""可怜啊，真让人心疼。"

眼前的场景让王雪不由得泪流满面，她好像看到了几十年前的自己。眼前的这个小生命，和自己的命运竟然如此相同。如果不是养母王秀发现并从山上抱回自己，哪有今天站在这里的王雪啊！不管以后的命运怎么坎坷曲折，毕竟自己捡回了这条命，并且走出了一条属于自己的人生路。而这个可怜的孩子，如果没有人管，她很快就会失去生命。狠心的父母把她带到这个世界，她还没有来得及用自己的眼睛看看，就要死去。

想到这儿，她擦擦脸上的泪水，拨开围观的人，从警察手里抱过婴儿，发现婴儿还有微弱的呼吸，赶紧说："警察同志，咱快把这个婴儿送到医院，看能不能抢救过来。"

不容搭话，她紧接着说："放心，所有的费用我来出，我来照管，这个婴儿如果能活过来，我来养。"

人群中传来几声感叹。

"好人，真是一个好人。"

"这个孩子有救了。"

经过几天的抢救，这个女婴终于活了过来。几天的担心和焦急，终于可以松口气了。等女婴彻底恢复了，王雪把她接到了自己身边，给她取名叫王小晨。现在她已经是两个孩子的"妈妈"了，那另外的一个，就是她从医院救出的小王子。

从抱回王小晨开始，她的心里就萌发了一个念头：她要收养那些可怜的孤儿。

多难的人生际遇，锤炼了王雪的坚强性格，也赋予她柔软善良的爱心。从 2005 年开始她通过慈善部门，先后领养了9 个孤儿（弃儿），年龄最大的今年 16 岁，最小的不到 3 岁。"也许是同病相怜吧，我就是不能看见弃婴和孤儿，不想让我的过去在他们身上重演。"12 年来，她倾其所有，悉心呵护这些曾经和自己一样命运的孩子，让他们上最好的学校，接受最好的教育，过上最好的生活……对自己的爱心善举她从不渲染张扬。直到两年前，一家外地媒体才以《九个孩子一个妈》为题报道了王雪倾注爱心的事迹，著名歌唱家杨洪基先生亲笔为她题写了"中国最美妈妈"表示敬意。

即使在遭遇了人生滑铁卢，一夜之间变得一贫如洗走投无路时，她也没有放弃。为了生活，为了 9 个相依为命的孩子，她变卖了两处房产和部分书画作品。后来由于经常外出写生，频繁参加社会活动，在公益团队按照她制定的严格标准（无子女、有大专以上学历、身体健康有爱心）寻找、筛选后，她把孩子们分别委托给4个家庭抚养，让最小的孩子留在自己身边，每月分别给每个家庭3000~5000元的生活费用，孩子上学的学费、补课费、看病费等其他一切费用全部由王雪承担。

如今，9个孩子都健康成长。最大的男孩儿叫王恒，是她9年前从汶川地震灾区领养的孤儿。这个勤奋好学的励志少年，2017年考上了开封一所重点高中。4岁多的女孩儿王馨被领养时患有严重的脑积水，是被家人扔在当地政府门口的。亲生父母留下的只有一张孩子出生年月日和孩子病情介绍的纸条。两个妈妈对她视如己出，疼爱有加，每天为她按摩、诊疗，目前已基本痊愈。2014年8月领养的小王子，是她冒着生命危险救回的共和国特殊战场上牺牲的烈士遗孤。王雪对这个特殊儿子给予了特殊关爱。

2015年年初的一天，一对多年未育的美籍华裔夫妻辗转到开封，通过民政部门找到了王雪。他们一一地跟每个孩子打招呼，逗笑。尤其是抱着小王子，左看右看，摸摸他的小脸，亲亲他的额头，咿咿呜呜地逗小王子笑。寒暄过后，陪同的民政人员对王雪说了这对美国夫妇的来意。

他们想领养小王子。

王雪没有思想准备，有点儿犹豫。她不由得对来客打量了几眼。

"王女士，请相信我们，我们是朋友。"他们用稍微有点儿生硬的中国话表达着。

"你放心，我们会很爱他，会很好地抚养他，让他接受更好的教育。"

美国人大大的眼睛很真诚地看着王雪，他们很喜欢这个漂亮、可爱的宝宝。

看着他们眼中对孩子发自内心的喜爱，也感受到他们对这件事的诚意，王雪心里也开始动摇：小王子跟着他们可以到国外，过更好的生活，接受更好的教育，将来也会有更美好的前途。

她不禁有些心动。

正当她准备答应这对美国夫妇，把小王子交给他们的时候，惊奇的一幕发生了：不到一周岁的小王子，明亮的眼睛里望着王雪盈满了笑意，眼神里满满的都是爱和喜悦，信任和依赖，他根本不知道他的生命中曾经发生过怎样惊心动魄、惨烈悲壮的故事，也不知道他将要面临着的命运，他只把眼前这个有着满月一样慈祥面庞的女人，当作唯一的亲人，"妈——妈、妈——妈"，依偎在王雪怀里的小王子咿咿呀呀地还不会说话，但是此刻却清晰地发出了"妈——妈"的声音。然后，莫名其妙地哇哇哭了起来。抱着他的王雪情不自禁，泪如雨下。冥冥之中一种超越了血缘关系的亲情在心里翻滚，她紧紧地把小王子抱在怀里，轻轻地拍打着他的脊背。

小王子也在她的安抚下停止了哭泣，安安静静地依偎在她胸前。看着眼前这一对"母子"生死相依、悲欢与共的动人情景，美国人夫妇此刻看得有点儿目瞪口呆，眼睛湿润，不知道说什么好。最后他们很知趣地说："抱歉，打扰了，祝你们幸福！"

王雪还在第一任养母王秀家的时候，跟她同院的有一个女孩叫林静。林静比王雪小半岁，当然，王雪的年龄只是根据养母把她抱回来的时间推算的，她究竟是哪月哪日出生，谁也不知道。在同一个院里长大的孩子，自然亲近了许多。她们俩总是在大人的照管下，在院子里咿咿呀呀地学语，摇摇晃晃地走路。可是因为林静上的是市直属小学，除了上学，父母还给她报了舞蹈班，所以两个人也很少见面。只有在周末的时候偶尔碰面，也只是打个招呼，互相点头微笑一下。

林静和王雪同年参加高考，王雪考上了中国美术学院。林静则考上了本市的一所师范学院，毕业后便在辖区内一所小学教书。王雪是在路上骑着车子匆匆往回赶撞上了一个背着背包的行人时，认出的林静。

"王雪？"

"林静？"

两个人都不约而同地喊出了对方的名字。两个从小一起长大的发小见面，不胜感慨。虽然好久没见，但是几句话就扯出了几十年前的发小情谊。

几十年弹指一挥间，林静的岁月过得按部就班，波澜不惊。

她工作两年后，和自己相恋多年的高中同学结婚成家。老公经过多年的奋斗，有了自己的广告公司，现在手下也有四五个员工。林静则在学校里一干十几年，每天虽说早出晚归，但也算是很有规律。她不干班主任，虽然教了两班的数学课，压力相比较来说轻松一点儿。每一个办公室，也是一个小团体。大家在办公室里，除了备课、改作业、交流这样那样的问题，就是聊新闻，说趣事，家长里短，谈谈心情，发发议论。

她们办公室一共有四个老师。小张老师，刚毕业分配来不久。另一个是五十多岁、快要退休的李志勇老师。姚老师四十多岁，短发，身材胖胖的，老家在兰考。

又是一周了。每次周一过来，大家总是热情满满，从进校到上课，匆匆忙忙，彼此先打过招呼，就各自奔向各自的班级。直到中午饭后，几个人照例回到办公室休息会儿。

"哎呀，脚不点地，忙了一上午。"姚老师刚进来，就一屁股坐在椅子上。

"哎呀，今天检查周末的作业，气得我真想拍桌子。一大部分都没有完成。"李老师还有点儿余怒未消，重重地坐在椅子上，端起杯子喝了口水。

林静站在自己的桌边，一只手扶着椅背，一只手拿起杯子，"渴死我了，一上午连口水都没喝。"呷了一口水，她才长长地吁了口气，终于可以安闲下来了。

"我给你们说件事啊，你们听听这父母多狠心。"

"啥事啊？"几个人都好奇地问姚老师。

姚老师转过身子，其他几个人也不由得转过身来看着她。"我们老家有户邻居，男的也是老师。他们家头胎是个女孩儿，家里老人想要儿子，于是偷偷地又生了二胎，谁知道二胎又是一个女孩儿，老家计划生育抓得很厉害，如果公职人员敢生二胎，是要丢掉工作的，于是他们把这个二胎偷偷送给了自己的一家亲戚抚养。可是，他家老人不要男孩儿誓不罢休，逼着非要继续生，谁知道生下来又是女孩儿。他们为了掩人耳目，说是这个孩子没有成，生下就死了。也不知道把这个孩子到底弄哪里了，谁知道不几天就听说，在医院的医疗废物回收箱里，发现了一个女婴。"

"啊？那女婴活着没有？"三个人都赶忙问。

"还活着，不过已经快饿死了。你说这家人可恨不可恨！"

"这也太狠心了吧？天下哪有这样的父母啊！"小张老师觉得有点儿不可思议。

"林子大了，什么鸟没有啊。这种事情，那是要遭报应的啊。"

"就是啊，他们家到现在也没有得个男孩儿。"

"那，那个女婴呢？"

"现在还在医院呢，医院人说，如果没有人领养，就送到民政上，民政上谁接啊？"

几个人叹息着，各自安静下来。

　　说来也巧，放学回家的路上，她遇见了几十年不见的王雪，两个人不由得畅聊起来。林静把今天在办公室听到的事情跟王雪一说，王雪赶紧让她和姚老师联系，找到了那家医院，抱回了女婴。

　　她再也不希望这个世界上，出现和她一样命运的孩子。在她收养的这些孩子里，有留下纸条说自己无力抚养的，好歹把孩子的生辰年月写上了，也有什么都没有留下的，被人捡起来送给她的。现在大大小小，她已经收养了八个这样的弃婴了。她知道那种没有父母的孩子心里怎样孤苦辛酸。她愿意为他们撑起一个家，给他们安定的生活，让他们受最好的教育，让他们能够像其他孩子一样健康快乐地成长。

　　这条路充满艰辛，也充满不可预知的困难，可是她不害怕。救回小王子的时候，她是抱定宁死的决心的。这世上，除了生死，还有什么不可战胜的呢？

第十三章　再遭厄运

常言道：天有不测风云，人有旦夕祸福。也许是劫难未了，也许是心底太善，从无防人之心。就在王雪事业刚刚起步，生活才开始安定下来的时候，一件意想不到的事情发生了。

王雪第二任养母家的女儿王芳长大了。她没有考上大学，又不愿意待在农村老家种地。于是，很自然地，她来寻求王雪的帮助。只要是养母家的事，她从来都是不打折扣，说一不二。王芳长得身材高挑，标准的瓜子脸，翘鼻梁，皮肤白皙，眼睛虽然不是双眼皮，但是一双黑眼珠水灵灵透着机灵劲儿，加上语言表达能力好，经王雪介绍很快她就在千马酒业做起了业务员。她年轻漂亮，沟通能力强，性格又活泼、爽朗，很快，业绩就噌噌猛涨。

跟王芳一起工作的还有一个叫李春芝的女人。她大概有四十多岁年纪，身材有点儿丰满，但是个子比较高，有一米六五左右。圆盘脸，大眼睛，眼球有点儿外凸，这让她看着多少有点儿男相，再加上一头短发，从后边看更像男的。她常跟王芳一起来找王雪，有时是业务上的往来沟通，有时逢年过节一起吃个饭，一来二去，彼此都熟悉了。一次，李春芝神色慌张地来找王雪，见面就拉着王雪的手说："王雪，你能帮帮我吗？我老家出了点儿事，急需用钱，我的那点儿工资现在又取不出来。我家里有急事，不敢耽搁。"

"别急别急，你要多少？"对于身边的人，王雪从来就没有任何猜疑，她只是觉得，人家跟自己的姐妹一起工作，都是同事熟人，人家张嘴求助，哪有不帮的道理啊。

她很快就取出十万块钱给了李春芝。过了一段时间，李春芝也把钱归还了，还千恩万谢地感激王雪，解了她家燃眉之急。

大概过了有大半年，那是一个骄阳似火的午后。外面如同一个蒸笼，没有一丝风。屋内，空调吹来的冷气也渐渐让人心绪不宁。王雪正在屋内作画，"姐——"随着一声叫，王芳和李春芝一起走了进来。

"哦，你们来了。先坐下歇歇，凉快凉快。"王雪停下了手中的画笔，走到桌边给她俩倒水。

"姐，我们俩今天找你，想跟你商量个事。"两个人互相看了一眼后，王芳先开口了。

"什么事啊？说吧，只要我能帮忙的，一定帮。"王雪看着她们俩欲言又止的样子，不知道她们要说的是什么事。

"是这样，我们俩准备自己开一个运营店，做剑南春的直销，然后我们手里又有一定的客源，不愁卖不出去酒，这样所有的利润都是我们自己的，要比我们跟着人家打工做业务员挣得多得多。"说到这里，她停顿了一下，看了一眼李春芝。"姐，俺俩手里没有足够的钱去进货，想跟你借点儿，等我们周转过来了就马上还你。"李春芝也在旁边跟着说："王雪，你放心，我们都是知根知底的人，好借好还再借不难，你帮我们这一次，等我们挣钱了一定很快还你。"

王雪稍微有点儿犹豫，这个李春芝自己本来不认识，也不知道她是哪里人。转念一想，她曾经借过自己钱，而且很快就还上了，可见不是那种不讲信誉的小人。再说还有自己养母家的妹妹一起，这个忙是不能不帮了。

"那，你们需要多少啊？"

"五十万。"她俩商量好似的，同时说道。然后呵呵笑了。

王雪不由得吸了一口气，自己虽然能拿得出来这笔钱。可是现在收养的孩子已经有十几个了，孩子们每天的生活花费也不少。所以自己手中是万万不能没有足够的钱来支撑的。

大概是看出了王雪的犹豫，李春芝站起来，再次跟王雪说："放心吧，姐，我们拿钱进了货，卖出去之后一定马上还你，不耽误你用钱。"

"姐，你看这样啊，我给李春芝做个担保。她还不了钱，还有我呢，我反正是跑不了啊。你放心吧。"

王雪轻轻地叹息一声："好吧。我虽然不支持你们的做法，但是你们既然拿定主意，我借给你们，你们可以自己创业试试。
但是这个钱你们一定不能耽误我使用啊。"

"好好，你放心。""放心吧，姐，不会耽误你的。"

本来说好王雪要跟她们一起去银行转账，但是，临时有一
个孩子生病，王雪不敢耽搁，赶紧带孩子去医院，就把卡交给
了李春芝和王芳。孩子因为是急性肠胃炎，在医院住了一晚上，
第二天才出院回来。忙于照管孩子和作画的王雪，到晚上才想
起自己的卡还在李春芝手里。第二天她拿到卡去查询时才发现，
李春芝刷走了她卡里所有的钱。那是她和孩子们赖以生活的全
部资金——六十万元。

王雪非常生气，说好的借五十万，自己冒着风险也借了，
可是她竟然把自己卡里的钱全部刷走，她和那些孩子这些天吃
什么？这不是明摆着欺诈吗？她立即打电话给王芳，语气十分
恼怒，"你们怎么可以这样做啊，那是我全部的钱，明天我和
孩子们都没有办法吃饭，她这是欺诈行为啊。我要报警，让她
赶紧把钱给我退回来。否则，我明天就报警。"

"姐，姐，你先别急。我保证，我们进了货，卖完就还你钱。
我是担保，你要报警了，不就把我也牵扯进去了吗？"王芳那
边忙不迭地劝她不要报警。

可是，不久，她就接到了王芳的电话，电话里她气急败
坏地说：李春芝跑了。王雪赶紧试着给李春芝打电话，不料电
话提示："您拨打的电话已关机。"她这一惊非同小可，脑袋

嗡的一声已经变成了一片空白，浑身忽然之间发起抖来，几乎连手机都拿不住。她拼命控制住自己，王怀仁那狰狞的嘴脸，李春芝那凸出的眼球交替在她眼前闪现，难道这次又是一场骗局？她无力地瘫坐在椅子上，不住地埋怨自己：怎么这样好骗呢？

从八月十五前，她就开始带着收养的孩子们硬撑着，不敢对外人说，觉得实在是丢人啊。自己两次都是被所谓的亲人骗到倾家荡产，走投无路。是天意，还是自己对他人的盲目信任？在无数个夜晚，她也曾经辗转难眠，恨过命运的不公。但恨意只是一个转念，她心中更多的情怀，是爱，是感恩。

因为再次被骗走所有的钱，事发突然，没想到所谓的亲人又害她一次。为了生活，王雪在租住的院子里，发挥出了她在新乡农村练就的本事——开荒种菜。一锹一锹地掘地，一垄一垄地挖沟，挑来粪肥，担水浇灌，拿惯了画笔的手再次挥起了锄头铁锹。她领着孩子们种了满园的吊瓜和青菜——辣椒、茄子、生菜、万年青。青菜一茬一茬地长，还在成长期的吊瓜，摘了可以炒菜；成熟了的，可以蒸着吃、熬汤喝。虽然日子过得不是丰衣足食，勉强还可以自给自足。因为她一直有能力养活这些孩子们，所以从来没有吃过低保，也没有要过民政上一分钱的补助。她从来不拿这些孩子，为自己争取所谓的虚名。她只想凭借自己的能力，给这些没有亲人的孩子，一个温暖的家，一份家人的爱。

　　最窘迫的时候，最小的小王子连奶粉都买不上了。一起去要账的梁大哥，看见王雪包里干硬的馒头，自带的白开水，一下子斑白的头发和憔悴的神情，这个一米八的硬汉眼圈一下子红了。他拉开背包，拿出钱包，把里面的五百元钱悉数抽出来，"妹，这钱你拿着！再难，咱也不能苦了孩子。给小王子买点儿奶粉，你自己也吃点儿热汤、热饭吧。"说完，不容分说，硬是把钱塞进王雪的包里。王雪也是感慨万千，经历了人生的大起大落，她已经把一切看开了。再大的风浪，再苦的日子，她都做好了坦然面对的准备。她始终相信，好人会有好报。而那个李春芝，后来民警调查才发现，除了王雪，还骗了好多人，涉案金额将近4000万元，最后法院立案侦查，至今都没有得到解决。但是，她相信，骗子就是骗了再多的钱，终归是提心吊胆地过日子。"相鼠有齿，人而无止。人而无止，不死何俟？"

　　王雪的事情总有知道的人在谈起，人们在感叹之余也默默传颂着她的义举。

　　终于，民政局的领导听说了王雪的故事。"一件本应国家，本应政府来承担的事，却由一个苦命的弱女子去做，情何以堪啊？！"

　　感叹之余，某领导安排人员，送来了米、面、油，解决了王雪和孩子们的吃饭问题。

　　后来，她的事迹被越来越多的人熟悉。一天，一位市领导打电话约本市几个企业家，又联系几个王氏宗亲，自发地组织起来，筹集善款，给王雪送来过年钱。

王雪带着孩子们又闯过了一道难关。

第十四章　爱，开启生命之窗

生活总是有太多遗憾。谁不曾在暗夜里辗转反侧，谁又不曾有过疏狂意气？那个为了梦想，小蜗牛一样背着沉重的壳执着前行的自己，已是人到中年。人生，真的太短。她曾经从不甘到无奈，从无奈到无言，眼睁睁看着命运的巨手随意拨弄自己的人生。再回首，她忽然更真切地懂得了一句话：有云更觉千山秀，不雨怎知人间情。尝尽千般滋味，才更懂世间苦楚，受尽种种磨难，才更体恤贫病老弱。还清债务的王雪把卖画的收入都用来做了慈善公益。她是北京中国书画院的签约画家，同时也是中国公益基金会理事、北京天使基金会副主席、天使妈妈、爱心大使。

几年来，每逢中秋节、春节等重大节日，王雪都带着物品，到敬老院、社会福利院、残疾人家庭，去看望老人、孩子及残疾人。

王雪参加了当地志愿者益行夕阳——发放黄手环，照亮老人回家路活动，先后到禹王台区五福敬老院、蒙恩敬老院、双龙社区、劳动路社区，通过自己的实际行动，践行中华民族尊老爱老的优秀文化传统。

"人之初，性本善"是《三字经》的开场箴言。但是在人生的舞台上，最考验人性的是如何安放你的善良，不管顺境还是逆境，都能用无私的爱为那些脆弱的生命开启一扇窗。王雪6岁时就知道了自己的身世，她没有悲观绝望，而是在内心暗暗发誓，一定要活出尊严，活出自信。她同样想让更多不幸的人也走出阴霾，面对生活，勇敢而自豪地微笑。

她爱孩子们，为了他们她失去了太多。为了这九个孩子，她甚至疏忽了自己的亲生儿子。她从来没有想过利用自己所做的事，换取名望和功劳。当初她怕小王子有危险，一直隐瞒着消息不让报道。直到2015年前出事的时候，才有媒体朋友报道出来。但是她要求他们决不能写缉毒警的后代。所以他们写的是特殊干警的后代，还有写消防警察的后代。她爱小王子胜过爱她自己的生命。

开封东南部的杞县高阳镇，有一个叫王六勇的残疾人。他在5个月大时因一次高烧，导致全身瘫痪，除头脑清晰外，四肢都不能自理。

父亲王传兴，当时已是79岁高龄，重度听力障碍，十年前经淮河医院检查就患有前列腺增生、肥大。随着年龄增长和劳累过度，2015年5月病情加重并引起高血压、尿潴留和双肾积水、脱肛及腰腿疼，住进了淮河医院。大夫多次建议手术治疗，因家庭经济条件困难而拒绝手术，仅靠药物维持。

母亲邱学芹，现年 64 岁，也是一名重度肢体残疾人。三十多年前，因患骨髓炎浑身流脓。2009 年不幸又患上了类风湿性关节炎，经淮河医院住院诊断，类风湿属慢性病，需长期治疗、定期复查。同时检查出还患有胃炎、胃下垂、胃食管反流和食管裂孔疝及干燥综合征等，其中食管裂孔疝，大夫说，早晚要进行手术治疗。

谁也不知道上天赋予你的是什么样的人生。对于这一家人来说，健康地活着，已成为一件奢侈的事情。当贫穷遇上疾病，这不幸则只能是眼睁睁地坠入深渊。在悲苦命运中挣扎的王六勇偏偏从小热爱书画。那一幅幅动静相宜、色彩明丽、构图优美的画卷，为这个悲苦的家庭带来了一抹亮色。人，只要有了对美的追求和向往，哪怕活得再卑微，心灵也是丰盈富足的。

了解了情况后的王雪，会同民政部门一道去看望慰问。走进院子，她看到的是老旧的砖瓦房，屋内的墙壁有点儿脱落。屋里除了破旧的沙发、一张吃饭的桌子，连像样的家具都没有。这个家已经被疾病拖垮了。

王雪心里很不是滋味，她知道她的能力是有限的。但是王六勇对书画的热爱却可以引领他走出斗室，走出一条与命运抗争的路。她亲热地拉住王六勇的胳膊，"疾病和贫困都不可怕，可怕的是我们自己的心志先倒下。既然我们改变不了老天的不公，那我们就改变自己的态度"。

　　接着她给这家人讲述了自己的心酸经历。眼前这个举止雍容、仪态高雅的画家也有让人不胜唏嘘的命运，困难往往能激起人心底强大的力量。她不仅用自身的经历鼓励王六勇振作精神，追逐梦想，活出自我，还赠送了两幅自己的画作。她的爱心和启发使这个小伙慢慢走出低谷，靠自食其力成为一个阳光青年。

　　多年来，她还资助了 20 多名贫困大学生，对特别困难的农村学子不仅让他们吃住在家，还给他们送书买衣服。关爱失孤老人也是王雪公益事业的一部分，每年她都要到干休所、敬老院和老年公寓慰问，像对待未曾谋面的亲生父母一样，献上女儿的一片孝心。

　　巧手作画，真诚做人，不忘初心，逐梦前行。成名后，王雪每年都要去看望年事已高的养父养母，汶川地震时她捐出价值 60 万元的书画作品，为希望小学她捐献了价值 80 万元的书画作品；她和中国书画院的老师们共同为贫困山区的孩子们筹建爱心书屋捐赠物品价值达 100 万元；2016 年她还向青海地震灾区捐献价值 38 万元的书画作品。每年交付中国书画院作品获得的款项也几乎全部用在她收养的儿女身上。走在大街上，她的车时常被一些熟悉的、不熟悉的大娘、大爷拦住，她总是乐此不疲地将他们送回家。老人们说，这丫头长个喜盈脸，有颗菩萨心。

水滴石穿是一种毅力，奔流到海是一种情怀。"既然选择远方，就会风雨兼程，无怨无悔。"未来的日子里，年逾不惑的王雪将用她的画笔和挚诚践行她的诺言。为弘扬宋文化，传播正能量，建设美丽开封，奉献自己的智慧和才华！

在开封市祥符区杜良乡，有一个孩子叫杜帅，从小就患有青光眼。后来视力越来越差，父母虽然多方求医，四处寻找良方，却没有任何效果。就在他五六岁时，双眼完全失明，孩子眼中的世界只剩下无尽的黑暗。眼看着同龄的孩子一个个进了校园，他常常独自坐在院中的葡萄架下，听着门口走过一群群说笑打闹的孩子，那是村里上学或者放学的孩子们，他们无忧无虑的欢声笑语，奔跑追逐的嬉闹，声声敲击着这个只能孤独地沉浸在黑暗中的少年的心。父母看着他的样子，也只能伤心地叹口气，无奈地摇头。

王雪听说了杜帅的事，决定来看看。正好那天下着大雨，通往小村的路，只有村后的河堤。不下雨还好，一旦遇到雨天，河堤上泥泞一片，车子根本无法通行。王雪和陪同的几个朋友冒着大雨，踩着泥泞，泥人似的找到了杜帅的家。杜帅的爸爸妈妈非常感动，像见到了救星一样，紧紧拉住王雪的手不知道说什么好。

"你们不用客气，我来看看杜帅这孩子，希望能够帮帮他。"朴实无华的一句话，让孩子父母心里顿时暖洋洋的。起初他们不甘心，为了给孩子看眼，已经奔走了很多地方，直到孩子彻底失明，他们才放弃了治疗。每天他们去干活，就让孩子自己在家。这孩子记性好，走过的路一遍就记得牢牢的，跟他说的事、讲的话，哪天哪时刻都清清楚楚。别的孩子都上学了，大人下地，村头巷尾闲聊的都是老人和幼儿。

他有时候也在人堆里，听老人们说古说今，听小孩子玩闹嬉戏，自己却只能做个听众。

有时候他哪里也不走，就在院子里转悠。从他家门口路过的邻居，看见他总是叹息一声，"唉，多好个孩子！真可惜。"

"他眼睛要是好好的，咱村这些娃上学，恐怕谁也比不上。"

有时候他们说的话他能听见。但是他心里想什么，别人却不知道了。

简单说了孩子的情况，杜帅就在旁边站着，他看不见进来的是个什么样的人，但是他的脸上始终挂着微笑。他就安静地站在那儿，他长得很好看。圆脸、高鼻梁、眼睛本来大大的，他性格很好，谁跟他打招呼他都能准确地叫出该叫的称呼。现在他睁着一双茫然的大眼睛，不知道看向何处。

看到这个聪明可爱的农村孩子，因为失明而不得不失去正常受教育的机会，王雪心里很不是滋味。他的世界，不应该只有黑暗。她跟杜帅的妈妈说："我想资助孩子上残疾人学校，让他能像普通的孩子一样接受教育。将来让他学一项什么技能，起码能养活他自己，也让他有机会接触更远的世界。"孩子的妈妈点头如捣蒜，拉着王雪的手只剩下一个劲儿地说"谢谢""谢谢"了。

回来后，她就联系了残疾人学校，资助杜帅进残疾人学校学习盲文。他学得很快，毕业后，王雪又继续资助他去南方学习盲人按摩。两年后，他学成归来，自己在市区东郊开了一家按摩诊所。他手法灵活，从不偷懒，又言谈得体，谈吐风趣，来找他按摩的人很多。

他的生意很不错，收入当然也高。现在他不仅可以自食其力，还娶了一个身体健康又很漂亮的外地姑娘。他虽然从不曾见过王雪，但是他的心里，一直在描摹着这个引领他走出黑暗、走出小村的恩人：她一定是一个有着菩萨般慈悲情怀的人。

赠人玫瑰，手有余香。她在人生低谷的时候，得到了老师们的帮助、领导的支持还有那么多熟悉的陌生人的关怀。她在自救的同时也愿意凭借自己的能力，去救助身边更多需要帮助的人……

老吾老以及人之老，幼吾幼以及人之幼。她见不得那些孤儿弃婴的可怜，也见不得那些孤寡老人的凄凉。去年的一天，她前往白云禅寺写生。一路上，无边的秋意迎面扑来，它带着春的鲜活和夏的灵动，就这样款款而至，将那韵致流泻于人们的眼底。远处的田野，满眼是金黄的稻浪，在高远的蓝天之下，它沉默宁静、饱满安详，如同一个褪下盛装，作别绚烂的成熟而妩媚的女子。道路的两边，树上的片片秋叶，也呈现着万种风情，昔日的鲜嫩没有了，披上的是一缕岁月的微黄，是一袭风雨后彩虹的衣衫，在秋阳里窃窃私语着，在枝头聆听着过往，在阳光下闪烁着淡淡的轻愁。静美是它的风采，淡泊是它的风骨。

很多人焦虑路途的长远，总是想快速而直接地到达目的地。而王雪，却是一个喜欢享受旅程的人。两边高大的行道树，深沉的浓绿与醉心的金黄火红交融，那么厚重与斑斓，眨眼间飞逝而过，仿佛是展开的"树树皆秋色，山山唯落晖"的画卷。

此时绵绵的秋雨不期而至。田野里忙着收获的农人，丝毫也不慌张，披着彩色的雨衣，依然各忙各的一份事。本来苍黄的大地，反倒因为这场雨，平添了几许亮丽。

她原想一代圣哲的故地，定是一派锦丽浮华、喧嚷热闹的。一直默默留心寻找，却只见小村古朴依旧，村桥原树与他处别无二致，乡民淡然来往耕作，并没有任何熙熙攘攘的游人香客。只在村口见到一块石碑，镌刻着"庄子故里"四个大字。王雪知道，庄子生前洒脱，自由不羁，在梦与蝴蝶之间徘徊。看淡富贵功名，看破生死红尘，隐居故土，清贫一生。今日这番冷落，怕也是先哲求之不得的吧！

王雪不信佛，只抱着欣赏的态度。每到一处佛院，总是被那种恢宏和悠远震撼。或许是此地偏僻，更兼冷雨潇潇，寺院前面的广场上显得空旷而寂寥。

走进古寺，有点儿斑驳的红色门楼和院墙在雨中静默着。

近前，赵朴初题写的"白云禅寺"四个行书大字很是醒目。进到寺院，方知是别有洞天。院中殿堂雄伟，错落有致。虽时至深秋，依然到处松柏森森，林木葱茏，雨雾迷蒙中，整个寺院显得空寂而深幽。她沿着湿漉漉的石板路，来到一株奇异的槐树前，槐树粗壮茂盛，盘虬卧龙般的根竟是由一口巨大的铁锅里生长出来的。

那根，像罗汉朝拜，树当中还有一个凸起的苞，又像极了观音菩萨，并且胸间还有个佛字。穿过一座石桥，花木掩映中隐约着一座塔楼，一个身着僧衣的和尚穿花拂柳走过，王雪一直目送他没了踪影才继续走。

十月的雨，点点滴滴，清清爽爽，有丝丝甜腻的桂花香味，还有草和树沐雨后淡淡的泥土气息。无须寻路，顺着曲折的小径，打着那把淡蓝色的小伞，绕过塔楼，除却一拨看似远客的游人，此中更无其他闲游者。

她想，人的一生总有那么多牵挂，那么多无奈，那么多梦想，每当失意的时候，便怀了一颗虔诚的心，对菩萨顶礼膜拜、虔诚祈祷。然而，这其中的许多人，并不在乎菩萨是否真的听到，他们大多数追求的是那一瞬间所感受到的，心绪的宁静与灵魂的超脱。

岁月的长河里，她终于明白：任你有千种风情，人的心又能经得起几番风吹雨打。佛说放下取舍分别，爱恨情仇的执着，让自己成为一个觉悟的人。其实，唯有懂得宽恕别人，才能得到真正的快乐。几十年的风风雨雨，她始终铭记着太多人的恩情，至于那些伤害，就烟消云散吧。

水意弥漫在寺院，风过处，大殿前的梧桐树瑟瑟有声。晚课的钟声响起，呢呢喃喃高低回旋的诵经声响起，细细密密、轻轻沉沉，还有那个领唱者手中敲击的不知是什么乐器，清亮、遥远，声比碎玉，闻之动容。听着听着，好像感受到一种穿透一切的力量，醍醐灌顶般融入周身，使她有一刻的恍惚，不知身在何处，潸然泪下。

走出寺院，她漫步在四周的田野。却见一家小院，正好有点儿口渴，她想，去讨杯水喝吧。

院子没有门，她大声问了一句，"有人吗？有人在家吗？"

"谁啊？"一声苍老的回答传来，王雪有点儿吃惊，她已经看见了院子里的那个人。

那是一个老人。一头乱糟糟的灰白头发，饱经沧桑的脸上是刀刻般纵横的皱纹，嘴角还挂着食物的碎末，笑容木木的，眼光直直的、呆呆的。他的腰佝偻着，连站都站不稳的样子。看他竟然还在劳作，真害怕他稍一动身子就会散了架。他的衣服看不出本来的颜色，从头到脚，似乎都是灰尘和污渍。

她从见到老人的第一眼，就开始伤感。等老人颤巍巍地给她端来了一杯水，她已经感动得流下泪来。她在院中的小木凳上坐下来，和这个老人开始话起了家常。

老人年轻时一直都在外面打拼，挣来的钱给儿子盖了房娶了媳妇。老人年纪大了，又一身伤病，不能出外再干活了，儿子、媳妇便开始嫌弃了。家里做好的饭不让老人跟着在家里饭桌上吃，就给他拨出来一点儿，让他独自窝在哪里吃，后来干脆只给馒头，汤，菜都懒得给了。老人的女儿远嫁外地，每个月都给他寄钱，但是每次的钱都被儿子、媳妇截住，老人从来见不到。每天他们还会让老人田里收种，家里翻晒，帮他们干农活。稍不顺意，就不停地抱怨数落。

王雪不由得深深叹息：再坚强的生命，终会脆弱到不堪一击，最后这样没有活着的尊严。

回去后，王雪就再也放心不下这个素昧平生的老人。她后来联系了一家很不错的养老院，让老人能够安享晚年。

她从来不曾刻意去做什么，只是内心的善良和一种悲悯情怀使然。

不久前，王雪组织的“以古闻名，以新出彩”国际巡回展顺利启动，王雪北京的老师、杭州的老师，还有省里的这些老师们，共同帮助国际公益画展圆满成功，王雪依然把自己所有的收入捐赠用于公益事业，世界王氏也将她写进名人录，著名影视导演也把她的故事准备拍成励志电影，更好地教育下一代。她用自己的善良感动，用自己的一生去传递着正能量，让孩子们不要回报自己，帮助需要帮助的人，把公益事业发扬光大……

苍天不负苦心人，幸运女神开始向王雪露出动人的微笑。

在开封市举办的旗袍丽人大赛中，王雪的汴京八景图被印制在演员们的服装上。美丽的服装与秀美的国画，是如此相得益彰，受到了与会者的一致赞叹。

书法与绘画是一对姊妹艺术。王雪也曾下苦功遍临诸帖，她的书法，古拙之中蕴藏着灵秀。由她书写的王氏家训，被很多人珍藏，既有汉隶的大气，又有女性的妩媚，高古典雅，别具一格。秀美的绘画，配上古雅的书法，使她的绘画呈现出一派经典风范。在近期国桦公司的大型拍卖中，她的画作《龙亭秋色》取得了惊人的佳绩。在成绩面前，王雪丝毫没有浮躁，她依然沉浸在绘画中，沉浸在慈善事业中。她要用她的一生来弘扬真、善、美。在做人方面，她对朋友和蔼、真诚，而她的绘画和慈善，却在创造着美和善。尽管人生有遗憾，但真正伟大的事业，却使她的心灵，一步步走向诗意，走向充实，走向圆满。崇高的事业，使她拥有了一种别样的气质，别样的光辉。

在艺术追求的道路上，王雪永不停歇。她发现，作为八朝古都，开封古迹众多，美景遍布，传统的开封八景无法涵盖。于是，她在开封遍访诸景，冥思苦想，并和专家、学者反复研讨，确定画一套汴京新八景。它们是龙亭新晴、清园春韵、百年学府、南衙清风、延庆秋色、鼓楼夜市、启封碧波、翰园飞雪。

为了画这套新八景，王雪废寝忘食，刻苦作画，经过几个月的连续创作，汴京新八景终于面世了，面对精美的画作，王雪欣慰地笑了。

第十五章　善恶终有报

　　王怀仁在深圳又开始骗女人，其中一个时间最长的女人，曾经是当地恶势力团伙老大的女朋友，恶势力团伙大哥因扫黑除恶被公安部门抓起来，判刑好多年，但是给这个女朋友留了一笔钱。这个女人长得漂亮，但是没有文化，之前一直跟着恶势力团伙大哥混社会。恶势力团伙大哥被抓，她不知道干什么。这时刚好认识了王怀仁，就被王怀仁忽悠，在深圳办了一个书画院，女人当起了院长，让王怀仁当副院长。以王怀仁画画的三脚猫功夫，根本就卖不了画，之前很多同行画家、书法家也被他骗过。虽然这些书画家都仁慈，没有告他，但是没有人愿意给他打交道。就这样，画院一直赔钱，把这个女人的钱也花光了，财色骗尽，又把手机号一换跑了，觉得以前骗人就这样，人家都没有怎么样他，还这样做。

　　这个女人曾经是什么样的人物，本身跟着恶势力团伙老大混社会的，岂能放过他？本来想宰了他，又嫌太便宜他。就找了一个有艾滋病的女人，知道王怀仁好这口，果不其然，没出几天王怀仁就上了钩。后来他知道自己得了艾滋病，并且是这个恶势力团伙大哥女人做的局，毕竟王怀仁先骗人家在先，也不敢做声。

本想王怀仁应该就此改过。没想到他还是肆意妄为，见女人就骗，给人家吹，他是知名画家；夸人家女人多好，气度不凡，与众不同，又送人家女人画，有几个女人上了他的当。还有的女的没上钩，他就在人家酒里、水里下迷药，用他以前和安训惯用的手法。这些女人有的有家庭，有的嫌丢人，一直都没有人告他，直至有几个被骗的女人发现自己传染上艾滋病，几个被骗的女人才一起联名告了他。王怀仁被公安部门带走，在审讯中交代：他反正知道自己得了这样的病，也治不好了，就想着享受人生，这样死了也多些人陪。所有人知道这个消息，纷纷把王怀仁的画尽快焚烧掉。大家愤愤不平地说世间怎么会有这样的败类？

他的父亲光明磊落，他奇怪，自己怎么会生出这样的儿子？老人家被活活气死了。

第十六章 爱心战"疫"

王雪除了收养孤儿,还经常帮助残疾人和贫苦户。她和开封市好人协会负责人及部分志愿者、爱心企业家一起,赶赴开封、杞县、祥符区,先后走访慰问了很多贫苦户残疾人。

2020 年春节,一场突如其来的疫情,使人们陷入了不安恐慌之中。但人们渐渐明白,对付这种病魔,光是恐慌、害怕没有用,必须用科学的方式,奋起斗争。

王雪第一时间与她签约的中国书画院联系,将存放在书画院的部分作品,与中国书画院其他老师作品一起进行公益拍卖,同时,她在工作室精心创作作品,准备进行公益拍卖,以自己的实际行动支援疫区。

王雪为武汉等疫区公益拍卖画作支援疫区的消息一经披露,很多人通过电话、微信联系到她,表示愿意加入这次公益行动中来。

王克山,开封强达化工有限公司董事长,是一位热心慈善公益事业的爱心人士。当他了解到王雪的事迹后，非常感动，表示要为抗疫防控尽自己的一份力量。

众志成城抗疫情，爱心企业显担当。2月11日上午，两辆满载着消毒液的大车缓缓地驶进了开封市教育技术装备中心。开封强达化工有限公司董事长王克山，开封宋八景文化传媒有限公司董事长、画家王雪，为奋战在防控一线的市教育系统职工送来了医用消毒液5吨。

随后，两家爱心企业负责人来到河大附中，向学校捐赠500斤医用消毒液。

2月12日，开封强达化工有限公司董事长王克山、开封宋八景文化传媒有限公司董事长王雪，当得知杞县中心医院一线医护人员和积极参与抗疫志愿活动的杞县畅想未来志愿者协会严重缺乏消毒制剂的情况后，王克山立即安排员工加班加点赶制，出厂后第一时间落实这次爱心捐赠活动。

"非常感谢爱心企业慷慨解囊捐赠防疫消毒物资，这批医疗消毒制剂将为我们一线医护人员提供健康保障，进一步推动疫情防控工作有序开展。"杞县中心医院副院长曹永彬在捐赠仪式上感动地说。

当天下午，王克山又驱车赶到周口市鹿邑县，向当地卫健委捐赠5吨消毒液。

据了解，几天来，两家爱心企业负责人还积极与河南省慈善总会、省卫健委联系，支援河南省疫情防控工作，并得到河

南省长通物流公司董事长、爱心企业家杨志萍的大力支持，
2月14日杨志萍亲自带队将王克山、王雪两位爱心人士捐
赠的10吨消毒液运往河南省南阳、信阳地区。

　　共同抗疫，我们来了。2月17日上午，一辆挂着"众志成城，
阻击疫情"红色条幅的河南长通物流大货车，满载开封爱心企
业家王克山、王雪捐赠的10吨消毒液，历时近6个小时疾驰
抵达信阳。

　　新冠肺炎疫情发生后，地处河南"南大门"的信阳市，近
10万人从湖北返乡、8万人从武汉返乡，多数在农村，医疗防
护物资紧缺，疫情防控任务重，压力大。开封强达化工有限公
司董事长王克山，开封宋八景文化传媒有限公司董事长、画家
王雪从河南省慈善总会、河南省卫健委了解到这一情况后，在
向开封市教育系统、杞县中心医院、周口鹿邑县卫健委等单位
捐赠15吨消毒液和其他防疫物资的基础上，决定再捐赠10吨
消毒液，支援信阳等地区疫情防控工作，但如何将这批物资运
送到信阳等成了一大难题。开封籍爱心企业家、河南长通物流
运输有限公司董事长杨志萍了解这一情况后，立即调度公司车
辆于2月14日晚上八点赶到开封，当天晚上将10吨消毒液连
夜运到郑州。在河南省慈善总会、河南省卫健委等办好一切手
续，2月16日上午，杨志萍董事长亲自带队，同省内部分医
疗专家一起，带着这批疫区急需的物资，分赴信阳、南阳地区。

　　信阳市政府办公室副主任江发刚和信阳市红十字协会负

责人对开封爱心企业家的善举表示衷心感谢，并送来感谢信。信中说，"正值信阳抗击新冠肺炎疫情的紧要关头，您雪中送炭，及时伸出援助之手，为信阳市捐赠了一批物资。仁者爱人，天地共仰。您的无私援助，缓解了我们的燃眉之急，大大增强了我们战胜疫情防控阻击战的信心和力量。880万信阳人民将铭记在心，并将其转化为当前抗击疫情的强大动力。信阳市新冠肺炎疫情防控指挥部向您致以崇高敬意和衷心感谢！"

共同抗疫，情护校园。2月24日下午，河南强达化工有限公司董事长王克山，开封市宋八景文化传媒有限公司董事长、画家王雪，民建新区委员会白东分别将100瓶净手消毒剂、500斤医用消毒液送到开封市集英小学、开封市二师附小西校区等学校，助力学校抗疫。

开封市集英小学校长石建峰、开封市二师附小教务处主任李洪涛对爱心人士的义举表示由衷的感谢。在全国上下众志成城抗击疫情的关键时期，医用消毒液等物资非常短缺，爱心人士王克山、王雪、白东多方渠道筹措物资，解决了学校的燃眉之急，是展现社会责任和企业担当的善行义举，不仅是对学校打赢疫情防控阻击战的物质支持，也是对疫情防控一线奋战教职工的巨大鼓舞。这些捐赠物资，将由学校疫情防控工作领导小组统一调配，用于校园疫情防控、公共场所消毒和一线人员的个人防护，确保打赢校园疫情防控战，保障全校师生生命健康安全。

　　开封强达化工有限公司和开封宋八景文化传媒有限公司两家爱心企业，经残疾人王六勇介绍，为杞县高阳镇团城小学捐赠 84 消毒液 500 斤，用实际行动助力校园疫情防控，为师生身心健康和生命安全保驾护航。

　　疫情不止，奉献爱心永远在路上，为抗击疫情，王雪积极创作作品，她有个心愿，就是和爱心人士携手，为在抗疫中牺牲的勇士和做出重大贡献的科技工作者、白衣天使了却一个心愿，免除他们的后顾之忧，就是为他们和他们的父母建一个温馨的养老院。

　　目前，王雪积极与多位爱心企业家沟通联系，养老院选址工作已结束。

第十七章　太行寻梦

王雪做到了。看着眼前的这几个孩子，她有时候会有点儿恍惚，似乎自己也是他们中的一个。她以为慢慢地那些记忆会风化，那个曾经梦幻般的地方会渐渐模糊。然而有些东西，却恰如春草，更行更远还生，它总会在心底的某个角落，固执地涌动。

仲夏的一天，她来到当初自己被抛弃的地方。

寂静！纯粹的寂静！只听见风过林梢，松涛阵阵。太行山脚下的某个小山村，此时已沉沉入睡。王雪一身白色的纱裙，披一件嫩黄的外套，披肩的长发整齐地用一个蝴蝶发夹拢在一起。此刻的她可以什么都想，也可以什么都不想。平日里必须做的事，必须说的话，现在尽可以彻底放下。兴来醉倒落花前，天地即为寝枕；休息坐忘磐石上，古今尽数蜉蝣。面对自然，人才能真正感知自己的渺小，也才能更清楚地看破缠绕心头的是非恩怨。山中一日，人间十年，正是一念起，万水千山；一念灭，沧海桑田。

廊檐下的灯光周围，聚集了无数的飞蛾，它们义无反顾地扑向那足以烧灼它肢体的光源。夜的静寂和黑暗，让这一幕显得如此惊心动魄。几十年前，是不是也有谁在这里盘桓？在这里舍弃掉自己的骨肉，离去的时候，又是怎样的心情？王雪此行，说不出是寻觅，是祭奠，还是了结，百般滋味涌上心头，最后都化作一声绵绵的、悠长的叹息。

第二天中午时分，她登上一座山顶，"伫立峰头，但见云来云去，缥缈千山势若万顷波涛，奔来足下；置身台上，只觉非真非幻，晖阴万象形成千重苍翠，尽入眼中"。心中吟咏着这样的诗句，她蓦然一笑：幸有我来山未孤！"山是一个灵，是一个未凿！锁住无尽的俊秀，只许清风白云知道。"她还记得当时的感觉，原来句子还可以这样断，原来形容词可以这样用。再一句，"一百万年也只不过是个数目，苍松郁郁淡看风月，与山对饮茕独"这样的句子，配着清幽雅致的小画，那种懒洋洋的清淡让人再也无法忘怀。究竟是我因山而找到自我，还是这里的山因我而不再寂寞？还是二者兼而有之？王雪默默地放眼群山，群山无语，林涛澎湃，似乎在和她交流着什么。

一生中，能有几次这样的夜晚？一生中，能有多少次曾拥有"幸有我来山未孤"的欣慰？作为弃婴，今天自己能够站在这里，也算是劫后余生。因为她第一眼看到的是这里的山，她的名字是雪，雪是凝固的水花。所以她的骨子里对山水和故乡开封有种特殊的依恋，只有躺在山水间才能尽情地想象出生命的美好。

她何曾断过寻找自己亲生父母的念头啊，可是大半辈子过去了，自己的身世就这样石沉大海，没有一丁点儿的消息。自己曾经多么不甘心啊，哪怕他们再狠心，不管出于什么原因，她都能接受。可是她却连这个机会都没有，她慢慢地释然了，就让这个身世成为一生的谜吧。既然身体发肤受之父母，那自己死后，就让身体的某一部分留给需要的世人吧。她在公证人员的见证下，签下了捐献遗体的证书。"我不明不白地来到这个世界，但是我要让自己清清楚楚地离开。就让我有限的生命，为这个可爱的世界留下最后的痕迹。"

站在那里的王雪，长发在风中飘啊飘，她的眼角已经有了岁月雕琢的痕迹。但是，她的眼神却依然那么清亮、温柔。一抹微笑，始终在她唇边荡漾。岁月，从来不曾饶过谁。但是，岁月，也沉淀了一个人丰厚的精神财富。回首一生，她从来不曾后悔自己的选择。无法改变的是自己的出身，但是决定命运的，却是每一天属于自己的日子。

命运让她一次次跌倒，她又一次次顽强地站起。如同野火烧不尽的春草，只要春天的脚步敲响大地，哪怕头顶是岩石，它也要在风中展现出生命的绿意。

一切美好只是昨日沉醉

淡淡苦涩才是今天滋味

想想明天又是日晒风吹

再苦再累无惧无畏

身上的痛让我难以入睡

脚下的路还有更多的累

追逐梦想总是百转千回

无怨无悔从容面对

风雨彩虹铿锵玫瑰

再多忧伤再多痛苦自己去背

风雨彩虹铿锵玫瑰

纵横四海笑傲天涯永不后退

思绪飘飞带着梦想去追

我行我素做人要敢作敢为

人生苦短哪能半途而废

不弃不馁无惧无畏

桃李争辉飒爽英姿斗艳

成功失败总是欢乐伤悲

红颜娇美承受雨打风吹

拔剑扬眉豪情快慰

风雨彩虹铿锵玫瑰

芳心似水激情如火梦想鼎沸

风雨彩虹铿锵玫瑰

纵横四海笑傲天涯风情壮美

风雨彩虹铿锵玫瑰

再多忧伤再多痛苦自己去背

风雨彩虹铿锵玫瑰

纵横四海笑傲天涯永不后退

风雨彩虹铿锵玫瑰

芳心似水激情如火梦想鼎沸

风雨彩虹铿锵玫瑰

纵横四海笑傲天涯风情壮美

这首歌，是王雪最喜欢的歌。不管是文字，是绘画，还是音乐，它们都以自身的温度和魅力，抚慰着热爱它的人。它让喧嚣安静，让烦恼散尽，让所有无法倾诉的情怀，无法洒落的泪，随风而逝。很多时候，她就静坐在窗前，听着这首歌，看院子里那树凌霄花，浓绿的枝叶覆盖了整面墙壁、房顶。它开花了，橘红的花朵一嘟噜一串，挨挨挤挤在一起，红艳艳的亮人的眼睛。凌霄花的脚边，是一株蔷薇，枝条婆娑，花儿繁密，从春末夏初，开完整个盛夏。

"桐庭多落叶，慨然知已秋。"人到中年，正是生命的华丽和激越在时光冲刷和岁月磨蚀后的倾力舞蹈，是奔波中凋敝的唯美，萧索中隐忍的倔强。

如同眼前的这个季节，醇美、深情而悲壮。如同她的内心，注满温馨和感动。

第十八章　诗和远方

　　深秋，王雪一个人来到了母亲河黄河边。虽然无数次见到黄河，但黄河仍然让王雪的心灵再一次受到了震撼。

　　这是河吗？这不是河，这是用水铸成的平原。这是河吗？这不是河，这是用浪花叠成的高山，这是和羊群一样雪白的鱼儿的草原，这是缀满了璀璨星辰的，平放在地上的天。这是佛祖的智慧，浩荡无边；这是上帝的歌声，辽阔悠远。这是古钟声声，琴声片片；这是孔子的《论语》，庄子的《卮言》，浩浩乎荡荡乎，永远流淌在，中国人的精神空间。黄河，你是宇宙宽敞的臂弯，小小的星球，在您的抚爱下，安然入眠。

　　想到这里，王雪不禁流下了两行泪水。她顿时感到，自己面前的路程还很长，自己手中的画笔，重若千斤。